ハヤカワ文庫JA
〈JA1267〉

屈折する星屑

江波光則

早川書房
7945

目　次

1．Rock'N'Roll Suicide　7

2．Lady Stardust　73

3．Velvet Goldmine　135

4．John, I'm Only Dancing　223

屈折する星屑

1. Rock'N'Roll Suicide

一

俺たちはもちろん正気だなどと自惚れていない。

一円の得にもならないというのに、人工太陽目掛けて遡りそして急旋回し、熱をほとんど持たない人工太陽にハイタッチして、時折そのまま人工太陽に激突して死ぬ。死ぬぎりぎりがどこなのか、どこからが自分の死なのか、俺たちは誰に強制されるまでもなく自分勝手にそれらを確認し、そして他人に見せびらかす。

頭上を見上げれば大地があり、眼下を見下ろせば地面がある。

金属の円筒に閉じ込められた内側の閉鎖空間で、俺たちは息苦しく生きている。

成層圏を飛ぶと同時に垂直降下を繰り返す。飛び上がり飛び降りる。

俺たちは死ぬまで自殺未遂を楽しめる。

死ぬまでだ。

俺の背後から迫って来るのは昴型（すばるがた）エンジンを積んだ高回転型。低速のうちはいいが高速となると途端に調子に乗りやがる。人工太陽第三から第四までの距離は、昴型を調子に乗らせるには充分なストレートコースだ。

「ヘイウッド」

複座から彼女が俺の名を呼んだ。キャットは実に楽しそうにハンドルを握る俺を、後ろから煽（あお）る。俺たちは安全帯で繋がれた一心同体。二人揃ってこのマシンに身を預け、気まぐれな重力の神に祈りを捧げている。

「メイドインジャパンの昴型が煽って来てる」

「言われなくてもそりゃそうだろうよ」

「殺しに来てるということでは？」

「盛り上がって参りましたな」

「盛り上げて行きますぜ」

キャットの胸が背中に感じられる。その奥の心臓の高鳴りが俺の心臓の鼓動と見事に同期していく。昴型を俺の六連並列エンジンのブラックシューティングスター型ホバーバイク、通称墓掘人（グレイヴディガー）で潰して殺すのはそれなりに手間がかかるがやれなくはない。

人工太陽第四直前で並ばれる。昴型はここからが強いというエンジンの咆哮を、上下に引っ張られる間境で自慢げに高らかに歌い上げる。その邪魔をしなければいい。インサイドをあえて譲ってやればいい。この一歩を譲ってやればいい。そのままぶっちぎれるときの瞬間だけ確信させて酔いしれさせれば、俺の技ならこいつを殺せる。

昴型が第四を周回しその出口で喜び勇んで加速する瞬間を狙い撃つ。

要はどこに賭けてどこで仕掛けるかという妙味。

先を飛んでいた俺の横に猛加速してきた昴型が並ぶ。ダンスを誘ってくる。キャノピーの向こうに見えるのは、昴型と言えばこの男というほどイカロスダイブでは有名なヴィスコンティ。一緒に飛ぶのは初めてだ。

ヴィスコンティの昴型が軽量に物を言わせてぐいぐいと加速し俺たちを抜いていく。第四のコーナー入り口で鼻先を抑えるように被せるのが、昴型と競り合う上での定石で、ここで半馬身差ほどとは言え先を行かれることは敗北を意味する。

他ならば。

俺は違う。俺の駆るラフィンノームは墓掘人なのだ。

その相手を墓穴に叩き落とすことに意味がある。

だからあえて背中についた。昴型はコーナー出口で凱旋を上げる姿勢だ。まだ早い。

「キャット、いつもの要領でいい。ヴィスコンティも言うほどじゃねえ」

「タイミングを慎重に測っていたのだが、私は」

「んな緊張するようなこっちゃねえ。コーナーリングと姿勢制御が凡庸すぎる。ありゃマシンパワーだけで世の中渡ってきたタイプだ」

「そういうことであれば、いつも通りに食らっちゃってください」

複座にはウェイトが増すという不利がある。一人でかっ飛べばいいものを二人で乗っているのだから。とことんまで磨いていけば、技量を高めた単座式が最も優れているに決まっている。最速になってなるべくして当たり前なのだ。それでも俺は背中にキャットを乗せる。理由は楽しいからだ。いつか共に死ねるというなら、なおのこと楽しい。

死ぬその瞬間をキャットに預け、俺は他人を殺しにかかる。

危険飛行。

ともすれば互いに絡み合ってもつれ合って共に墜落死するか人工太陽へ激突する。

そういう局面で最もいきいきと呼吸をするのがこのラフィンノームだ。

シューティングスターの名で呼ばれる所以だ。

「キャット」

「ヘイウッド」

「仕掛ける」

「仕掛けますか」

「殺しちまおう」

俺たちは共に死ぬべく生まれついてこうして今、一緒に空を飛んでいる。またものの見事にキャットがラフィンノームの尻を叩いて加速させる。正気じゃないというコース取り。それは昴型を一瞬、窒息させるに充分で、そして昴型を殺すのには一瞬の時間があればいい。

それに加えて明確な殺意。

恨みもない相手を何の利益にもならない遊びで殺してしまえる。

ヴィスコンティが、一気に伸びようとしていたエンジンの回転をビビって戻すのがわかった。途端に昴型はあれほど威勢がよかったのが信じられないほどにガタガタになる。パワーレンジを上に振り過ぎているが故に、急な減速が命取りとなって空中制御を困難にさせてしまう。

人工太陽第四への激突をどうにか避け得た頃には、ヴィスコンティはもう俺たちのことなど気にしている余裕はないだろう。あそこで共に死ぬ気で突っ込んで来ていれば俺は競り負けていただろうに。

肝心要の最後の最後で命を惜しむ。

俺もキャットも惜しまない。だから相手が誰であろうとその部分で勝てる。

俺たちは互いが傍にいる限りいつだって死ねる。その命を弄（もてあそ）べる。それでこそのイカロスダイブだ。古代神話のイカロスは太陽に近づいたことを後悔しただろうか。俺はまったく後悔せずに嬉々として爛々と両目を輝かせて、翼を溶かしながら太陽に突っ込んでいったと思う。俺たちは永遠に、生まれ落ちた時から患っている酩酊病を抱えて生きている。今がまさに躁の時。第四コーナーを飛び出した至福の瞬間。四方八方から引力と言う名の引く力が押し寄せて、強弱を繰り返してマシンを翻弄する。

ストレートで体勢を立て直すのが惜しまれる。もっとずっとあの引力と重力と遠心力を肌で感じて実感していたかったというのに。あのまっただ中で死ねるというなら何の文句も無かったというのに。

空中姿勢が安定する。ヴィスコンティは遥か後ろ。目前には人工太陽第五が見えている。

「また勝ってしまいましたな、ヘイウッド」

「死ぬ気がねえなら空飛ぶなっつうんだよ」

「うむ」

命を差し出して漸く得られるこの高揚感。

死ぬの生きるのがどれほどつまらないかを教えてくれる。

金と名誉が欲しいのならこんなくだらない遊びは早々に切り上げて、地道にコツコツ働けというのだ。

俺とキャットだって十年後には平凡な家庭に収まっているかも知れない。

別れて互いに知らぬ存ぜぬという有様になっていても何もおかしくはない。未来のことなど知る由もない。ただこの瞬間が楽しければ死んでも構わない。

人工太陽第五を悠々と旋回する。何も気負う必要はない。

この閉じた世界、円柱を横倒しにしたような世界と宇宙のまっただ中で、俺とキャット は何ら躊躇なく空を飛ぶ。風に舞う。太陽目掛けて飛び込んでいく。

未来に予想がつかず、何の展望も抱けずここに住む者は歳を重ねていく。

せめて命がけでもなければ憂鬱が晴れないとでも言わんばかりに。

俺とキャットは共に宙を旋回して笑い合える。すべてを投げ出し揺られ引かれて、なお それを御せる。俺とキャットの二人が揃えば、いくらでもそれを成せる。それだけが楽し かった。

空に在る限り俺たち二人はずっと幸せであるに違いなかった。

二

このコロニーは、何でも火星と木星の中間点に浮かんでいるのだという。

無辺の宇宙を小さく囲って上と下を定義づけ、必死になって自分の居場所を確保したと のことだが、俺たちにとってはどうでもいい。

火星と木星のほぼ中間付近で、俺とヴィスコンティは殴り合い蹴り合って血まみれになり痣だらけになっている。それをキャットが体育座りで眺めながら時折応援している。俺を応援してくれているものだとばかり思っていると、何の気まぐれかヴィスコンティを応援したりしている。浮気されたような気分になり、また殴る拳に蹴る足に力が籠もる。

空を終えたのちの喧嘩は当然のように発生する。

スポーツマンシップの欠片もないから面白い。

俺とヴィスコンティは肉弾戦なら五分だった。空中戦では俺が制した。そして空中戦の結果が全てだ。ここで無残に叩きのめされようとも俺の勝利と誇りは揺るぎない。だがやはり地上でも勝ちたいではないか。

「クソみてえなコース取りしてんじゃねえぞ殺す気かよ」

というのが大体、ヴィスコンティの言い分。

俺の言い分もやはり決まっている。

「死にたくねえならおとなしくエレベーターにでも乗ってろアホが」

まあ色々と表現は違うが概ねそのような大義名分で喧嘩が始まる。

エレベーターというのは蔑視表現のようなもので、要するにオートジャイロが外されていない、有効になったままのホバーバイクのことを指す。重力や遠心力の変化を自動で計算し精密に勝手に車体を制御してしまうオートジャイロさえあれば、ホバーバイクは頭上に大地、眼下に地面というこのコロニーでは実に楽で便利な交通手段。そして俺たちはバ力だからわざわざそれを外して自分たちの曖昧な技量でそれを成し遂げることに喜びを感じてしまう。

ヴィスコンティの右肩を本来動かない方向へと曲げてやると、軋み(きし)が肉体の内部から響いて伝わってくる。空で勝ち地でも勝ったのだという素晴らしい凱旋感が感じ取れる。一気に外し一気に畳み込んだ。俺の雄叫びと共にヴィスコンティの顔面が地べたに擦りつけられる。ついでに二、三発の蹴りを腹にくれてやる。キャットの暢気な拍手が何よりも心地よく感じ取れ聞こえてくる。俺は勝った。肉体的にも思想的にも。

「……喧嘩でも空中戦でも勝てねえ野郎が偉そうな口叩いてんじゃねえぞオラ！」

「おうおうわかったわかったどうどう、落ち着きなさいやヘイウッド」

「殺してやんよ、あのクソ野郎」

「いやいやさすがに地上で殺すのはまずかろ？」

「やっかましいブチ殺してやる」

おそらく本当に殺していたであろう俺の追撃をキャットが体を張って止める。キャットに体を張られたのでは俺も勢いを止めるしかない。

地べたでは這いつくばったヴィスコンティが何やらモゴモゴまだ喚いていたが、何を言っているのか俺にはもうわからなかった。もう疲れ切ってしまって、俺も地べたに腰を下ろしてしまう。ここは丘陵地帯。このコロニーの第三区。草原があり山があり谷がある。

平和に調節され人の支配下にある大自然区域。主に酸素供給と、そしてこのコロニーに住む人々の心の安寧を保つためにここはある。

座り込んでこの景色を見ると、ここに吹く人工的に発生した空気対流のもたらすそよ風に吹かれてキャットと向かい合っていると、もう何もかもがどうでもよくなる。ただ腫れ上がった顔面と切れまくった口内と、ぎしぎしと悲鳴を上げる全身がひどく鬱陶しく思えてきてしまう。溜息でも吐くしかない。

「……俺の勝ちってことでいいのかな、キャット？」

「おめえの勝ちだよ、ヘイウッド」

「じゃあそれでいいか」

「それでいいからさっさと帰ろうぜ。あたしらの家、ちょうど斜め上にあるし」

「体がいてえ。うまく飛ばせる自信がねえ」

「じゃあ少し休め」

「……お前が運転して俺が後ろに乗るっちゅうのはダメなの？」

「そりゃおめえ、ハンドル捌きは男の役目であろうぞ」

「その数百年前に撤廃されたジェンダー的な役割分担やめろや」

「あたしゃそういうのに興味ない。めんどくせえことは男根主義にお任せ」

「……男根主義とか言うな」

おかしな話を始めたが、要するにハンドルを握りたくないだけだ。女のドライバーも珍しくはない。しかし少数だ。もしくはただはしゃいで後ろに乗せてもらっているだけの女。そちらはよく見る。キャットのように自らハンドルを握るでもなく、後部座席できちんとアシストをこなす一見地味な役割をこなす女は、あまり見ない。

十六年しか生きてないのにキャットはもうお袋さん気質だった。姉とも違う。俺をしっかりサポートしてくれて、自分の身の丈に合わないことに決して踏み込んで来ない。

俺が一人で走っていたら、きっととっくに死んでいただろう。

死にたくなければ空を飛ぶなと、空をやる奴はみんな嘯く。俺もそう言っているが慌てふためかない自信はない。ヴィスコンティがそうであったように、そして誰もがそうであるように自ら死ぬ気はない。

だがキャットと一緒なら、という条件ならいつでも死ねる。

そういう相手だった。近所に住んで育ったから、顔だけならお互い物心つく頃から知っていたが、話をするようになったのは十代に入ってからだ。ジュニアスクールの友達、程度の間柄。それからシニアに上がろうという歳になる二年前ぐらいから、俺は中古のラフィンノームを譲ってもらい、空にハマり、親父との口論が絶えなくなった。口論はすぐにどつき合いになり物は壊れ騒音は凄まじく、いやでも近所の耳目を集めた。ちなみにうちの親父は鉄筋工で、少なくともヴィスコンティより強い。

そういう耳目の中にキャットがいた。親密になったのはそれがきっかけだ。親父と大喧嘩してまでやりたがる空に興味があったらしい。それはすぐに「危険な空を何度でも繰り返す俺」へと移っていって、後ろに乗せてくれと言い出した時にはサポート役をやるという決意に満ちていた。

普通、興味本位で乗せてくれという奴が男女限らず大半だというのに。

飲み込みは早かった。面倒を見てやったという感覚は半年も続かなかったし、何の指示も出さずに勝手にサポートしてくれるようになった。二人乗りというハンデを背負いながらも破竹の勢いで俺のラフィンノームは今、売り出している。もっとも多少はダーティな飛び方をするが、それも込みでの空だ。ルールを守って競り合いたいならば正式な恒星間レースにでも出ればいい。俺たちのやっていることはそもそもが非合法であったから、その大小を咎め立てされる謂れはない。

俺らや、そこでのびてもがいているヴィスコンティ、その他数え切れないほどの人数がこうして無駄に遊びで命を燃やす。

これだけ激しく燃え盛って殴り合いまでするほど熱中するというのに、みんなやがて醒める。軍に入って宇宙を飛ぶなどというのは出世魚という感じがするが、それすら少ない。空を飛ぶこと自体をやめて「エレベーター」の利用をするようになっていく。友達が人工太陽や地面に激突して死んだから、なんてのはわかりやすいほうで、大体は何となくいなくなってしまう。

　この遊びは間違いなく十代の火遊びそのものだ。

　俺とキャットもいつかやめてしまうんだろうか。

「……この遊びが流行り始めたのっていつか知ってるか、キャット？」

「知らん」

「八十年くれえ前からだってよ」

「歴史、浅っ」

「まあこの名前でこういう遊びになったのがってだけで、似たようなことァ昔からやってたって言うけど」

「誰がんなこと、言ってたの」

「アンクルアーサー」

「あれの言うことは信用ならん」

　キャットは憮然としていた。確かに信用ならない。工業地帯のどん詰まりで鉄屑の山に祠を建てて住んでいるジャンクヤードのじいさんなのだが、自称、千歳らしい。俺にラフィンノームを売ってくれたのもアンクルアーサーなのであるから余り無碍にもしたくない。

「百歳過ぎた老人ですら干涸らびてんのに、その十倍も人間が生きられる訳あるか」

「だからそこはあえて聞かなかったことにしてんだよ」

実際にあのじいさんが何歳なのかは誰に訊いてもわからない。ここのコロニーの記録は随分前から、特に戸籍あたりが曖昧になっている。そもそもこのコロニー自体がすでに公的には廃棄処分指定されているらしい。

「……ほら授業で習っただろ、『屈折する星屑』事件」

「おう、習ったような習ってないような」

このコロニーを凄まじい数の流星が直撃するという事件が、八十年前ほどに起きたらしい。大概の屑なら弾き返すし、無理ならコロニーが自動制御で勝手に躱す。そのぐらいの観測機能はあるし、なかったら何百年も宇宙に暢気に浮かんではいない。

その流星群は予測不可能な動きで襲来したらしい。それを救ったのが当時の国際宙域機動部隊。

コロニー内の空中スクリーンにホログラム投影され生中継された機動部隊の活躍は、コロニー目掛けて放たれた石ころすべてを撃ち落とし、または無害な屑へと変える大活躍を見せ、そして救ってもらったこのコロニーの住人は、壮大なアクション映画でも見るかのように熱狂したというのだから始末に負えない。

その活躍に感化されて始まったのが今のこの遊び。あの歴史映像を見れば確かに血が沸き肉が踊り真似したくもなってくるのだが。今や多くはそれを知らず、先輩達の真似を後輩達がやっているだけだとアンクルアーサーは言っていた。

　映像を俺に見せてくれたのもアンクルアーサーだ。

　それを知っておくことが何の役に立つのかはわからなかったけれど、そもそもの始まりが何であったか自覚しておくのも、悪くはない高揚感と優越感がある。

「……しっかし、おっかしな話だと思わねえ、ヘイウッド」

「何がよ」

「そんなに熱狂したんなら宙域ナントカ隊そのものに入りゃいいじゃねえか。何だってこんなコロニーの中で無意味に飛び回り始めたんだよ？」

「アンクルアーサー曰くだな、ここの住人は先祖代々、バカなんだと」

「千年も生きてきた奴ァさすがに含蓄のある表現をお使いなさる」

　露骨に小馬鹿にしている。もっといろんな話もしていたと庇ってやりたくなったが、生憎、俺も細部を覚えていないし、話して楽しいものにはなりそうになかったから庇うのは諦めた。

　何で空を命がけで飛び回らなきゃならないのかなどわからない。

　楽しいのは確かだ。気が滅入るような、ひどく憂鬱な閉塞感が空で命を削っていると消えて無くなってしまう。

　きっと何も起きずに何もせず、平凡に安寧に年老いていくんだろうなという憶測。

　未来にどんな夢を抱くより、今この瞬間、空にいることだけが俺を何となく前向きにし晴れやかな気持ちにさせる。

「ヘイウッド、帰ろうぜ早く」

後ろから引っ張られ抱きつかれなどされると全身が痛い。無理して立ち上がろうとしたのに不意打ちで地面に引き倒される。草原の真ん中で地べたに寝転んだ俺の口が吸われた。

離れたキャットの唇が俺の血で汚れている。

「今発情されても困るぞ、俺こんなだし」

「いや血を舐めてみたかった」

「お前はたまによくわからん」

「血液と精液は同じ成分だと言うから同じ味かと」

「気色の悪いことを言うな、帰るぞ」

自分の中にも湧き上がってきた情欲を振り払うようにして立ち上がる。ヴィスコンティはまだ起き上がれずにいた。もがいているから死んではいないらしい。あいつの昴型の隣に、俺のラフィンノームがきちんと並んで停まっていた。殴り合いの前でもみんな自然と自分のマシンをそう停めてしまうのが可笑しかった。

「おい、キツそうなら医者呼ぶぞ？」

「うるせえぞ」

申し出たのに拒絶されたので、後はあいつの自己責任だ。

まだ舌をモゴモゴさせて俺の血がどんな味なのかを確認しているキャットを連れて、ラフィンノームに立ち戻る。

「やっぱ手がうまく動かねえ。事故ったらヤだしお前飛ばせよキャット」

「んー、そう言うならたまにはいいかね」

キャットは一人で飛ばせてもいい動きをする。後ろからキャットの体にしがみつくというのも、何というか、倒錯した気持ちよさがあるし。

ロールスロイス社製並列六発エンジンが唸りを上げ、周囲の草むらに気流を叩き付け、俺とキャットを空へと連れて行ってくれる。

死んでも構わないからこの倦怠感から抜け出したかった。キャットが傍にいるというなら尚更だ。歳を経る(と)ほどこの感覚はなくなっていくのだろうか。だからみんな飛ばなくなってしまうのだろうか。四十になっても五十になっても飛ぶ奴はいる。体さえついてくるならいくらだって無茶をするおっさんや年寄りだって知っている。

そういう人らは消えていないのだろうか、この感覚が。

抱き枕のようにキャットの体にしがみつきながら、俺は余計なことを考えている。

もし仮に、歳と共に消えていくのではなく、残り続け燻(くすぶ)り続け、それでもみんな大人になると共に背負うものができてしまって「妥協」しているだけだとしたら。飛びたいのに飛べないのだ。太陽に近づき飛び込んで死にたかったのに、死ねない。挙句地上でくだらないしようもない死に方で死んだりもするのだとしたら。

　俺が思うに、そんな人生はただの地獄でしかない。

三

　ラフィンノームの整備を頼みにジャンクヤードに向かい、アンクルアーサーと何気ない雑談をしている時にそんな話になった。俺はアンクルアーサーの庵で、勝手にコーヒーメーカーを使ってコーヒーを淹れていた。

「酩酊病ねえ」

「もうこれは何百年も見てきた俺だから言える」

　オイル缶に座ってコーヒーカップを、テーブル代わりの積まれたタイヤの上に置く。アンクルアーサーの分も一応淹れておく俺は礼を弁えているのかいないのか。

　アンクルアーサーは確かに年寄りなのだが、千年以上生きているという風には見えない。体はジャンク屋の主人に相応しく大きくそして節くれ立っていて、その癖、全身にヒビのようなシワが走りまくっている。日焼けした千年樹だというなら、よくわかる。

「このコロニーの人間は、生まれた時から酩酊していて、躁鬱を繰り返して、そして死ぬ」

「鬱で人が死ぬのかよ」

「死ぬさ、そりゃ。ここのコロニーじゃ憂鬱に耐えきれなくなった奴から死ぬ」

「じゃあ俺も飛び続けていりゃ千年生きられるかな」

「躁も死ぬ。大体しくじって死ぬ。とにかくどっちにしたって死ぬ。死なないコツは病を克服することだ」

俺は死にたい訳じゃないが、だからと言って千年生きたいとも思わない。アンクルアーサーはコーヒーに見向きもせずに、ラフィンノームのあちこちを点検していた。

「……ヴィスコンティを墜としたらしいな」

「そんな囃し立てるような相手でもねえぞ。マシンがいいってだけで」

「それを持ってるんだから勝負運だ。……大体、昴型だってもう一世紀近く古いマシンなんだぞ」

「えっじゃあラフィンノームは？」

「それよりもっと古い。絶対性能と安定性じゃ比べものにならん。工夫をしなきゃ仕留めきれん相手だし、お前どうせ無茶しただろ」

「まあ、そりゃ多少は」

「それが躁の部分だよ。たまたまどっちも死ななかっただけだ。おかしいんだ、そもそも。こんなポンコツの中古乗り回して危険を冒して楽しめるなんてのはな」

このコロニーには古びた物や人から譲り受ける中古しかない。最新がどんな物かは見当がつかない。このコロニーだけぽつんと時の流れに取り残されたまま、火星と木星の間に放置されて浮かんでいる。

『屈折する星屑』が大体で八十年前だ。そしてあの映像に出てくる宙域機動部隊は、ヴィスコンティの昴型など話にもならない、異世界の技術のようだった。

八十年も過ぎたのなら、さぞかし世間は進んでいるのだろう。

こつん、とアンクルアーサーの拳がラフィンノームのキャノピーに跳ねる。

「あちこちやらなきゃならんが、面倒な故障はないな」

そう呟いて納得したのか、やっとこっちに戻ってくる。俺と同じコーヒーカップのはずなのに、アンクルアーサーの指先が摘むとサイズ感がちょっとおかしく見える。すっかり温くなったコーヒーをアンクルアーサーは図体に似合わずほんの一口飲んで、それから俺の正面に座る。

「……ヘイウッド、お前があのマシンを買った金は父親からか？」

「まさか。バイトしてる。屑拾い」

わりとデカめの舟に乗ってコロニーの外に出る。そしてつぎはぎだらけの宇宙服に身を包んで、掃除をするバイトだ。時々得体の知れない物がコロニーの外壁や設備に引っかかっていたりもする。

ぬいぐるみとか、そういうのを見つけると、コロニーの外にも何やかんやで他の誰かが住む世界や世間があるんだなと考えたりもする。

実に有意義でしかも払いがいい。体力的にはキツいが、募集がかかれば学生などは飛びついてくる。俺だって今か今かと待っている。いい大人で定職に就いていたって時間が合えば参加してくるほど気前がいい。

「じゃあそのバイト代はどこから出ている？」

「は？　いやそりゃ清掃会社から」

「その清掃会社の運営資金は？」

「知らないよ」

「そういうのは若いうちに考えたほうがいい。このコロニーに取り込まれる前に」

「何だよ、いきなり」

屑拾いで大金が稼げる。結構なことではないか。だから俺もアンクルアーサーの所に客として来ることができる。

何を疑問に思えと言うのか。

「お前は俺のジャンクヤードからマシンを盗もうとしなかったガキだからな。こうして定期的に有料点検まで任せてくれる。だからまあ、少しばかりサービスだ」

「本当かよ、アタマのおかしい奴だと思われてて、俺ぐらいしか来ないから寂しいだけだろ」

「まあ、それもあるかも知れんが」

「千歳超えてるとか言うからだ」

「事実なものは仕方ない。それに俺は嘘は言わない。だがお前がどう生きていくのかはお前の判断力次第だ。考え方次第だ。それを模索したってよかろうと提案しているだけだ」

時を得たというように、アンクルアーサーはしつこかった。

このじいさんはアタマがおかしいのだから、ここにあるジャンクは了解を得ず持って行っていいという風潮は、ガキだけじゃなく大人にすらあった。俺は何を持って行けばいいのかわからなかったから、素直に訊いただけだ。

アンクルアーサーはラフィンノームを見せてくれて、これがいいなら金を持ってこいと言った。だから俺は屑拾いに精を出した。そして憧れの空を手に入れて、今もこうしてここにいる。

「このコロニーはダメになる。今すぐじゃなくても、いつかは」

「そうかな。平凡に普通に回ってると思うけど」

「今ですら人口がどんどん減っている。他に、外に飛び出している」

その話題はちと言葉に困る。アンクルアーサーには勿論、キャットにすら話してない気がするのだが。

数年前、俺が十歳前後の時に、お袋が余所（よそ）に男を作ってこのコロニーを出て行った。

親父の荒れようと言ったら、十歳前後のガキにも充分伝わるほどに「嫉妬」を感じさせた。俺の親父は根が正直なのだが、あの頃から俺を叱ったり説教するたびに鉄拳が加わった気がする。

たとえばその嫉妬。

俺はずっと「女房を寝取られた」という悔しさからだと思っていた。でもひょっとしたら違うのかも知れない。親父がそもそも気づいていないのだから仕方ない。親父はきっともっと色濃く、自分の女を他人に取られたなんてことよりも前に「まんまとこのコロニーから出て行った」ことに嫉妬したのかも知れない。

そう考えるほどには、アンクルアーサーはこのコロニーが絶望的だと俺に何度も話してくれていた。だが俺には、その絶望が今ひとつ伝わってこない。このままでいいんじゃないかな、とさえ思ってしまう。それはたぶん、本当に千年生きてここを見てきた老人にしかわからない絶望だろうし、俺は千年生きる心算もない。

いずれ俺にも憂鬱が訪れて、拭いきれないそれに押し潰されて死ぬ。

あるいは躁状態で人工太陽か大地に激突し墜落死する。

まあ、それはそれで構わない。その時にキャットが傍にいてくれるのなら。

「ヘイウッド。俺にはな、お前がもう少ししたら、ラフィンノームを売りに俺の所に来て、そのまま二度と現れないという光景まで浮かぶ」

「んな、ばかな」

「そうでないなら、お前はこのマシンと共に死んでいる」

「両極端すぎるだろ」

「俺の長い人生で数えられんほどそれを見てきた。……ヘイウッド、もしこのラフィンノームがもう飛べないと言われたらどうする？」

「他のマシンを買うさ」

「それもないと言われたら？」

さあ、としか言えなかった。そうなってみなければわからない。事前に計画立てるようなことだろうか。俺のラフィンノームは今まさにそこに、整備などしなくても充分飛べるという状態で鎮座しているというのに。

「人間は自力じゃ空を飛べない」

「そりゃそうだ」

「飛ぶための道具すら手に入らない。そうなってしまえばもう、憂鬱の餌食だ。このコロニーに住む者全てが抱えた宿運がそれだ。そうやってみんな何となく死んでいく。それに気づいて克服した結果、俺のように死ぬに死ねない有様になって、必死で躁鬱双方に抗っている人間ができあがる」

「……何が言いたいんだよ？」

「自分でもどうしていいかわからないぐらいの憂鬱と絶望がやってきた時にどうしたらいいか教えてやる。そこで躁に走ったら単に死ぬだけだ。俺は長いこと折り合いをつけてやってきた。ヘイウッド。お前がそこで死んでもいいというなら、それでいい。だがまだ死にたくない、死ぬ訳にはいかないという局面に陥った時、もし憂鬱に押し潰されそうになったら、アナーキストになれ」

「……何言ってんのかわからない」

「共同体に属することを辞めて逃れて一人になって、どこか違う場所に行く。たったそれだけのことで何もかもが解決する」

「一人で？」

「一人で、だ」

条件が殊の外、厳しい。せめて二人で、にして欲しい。

俺にはその言葉の真意がわからなかった。

十年ちょっとしか生きてない俺には、千年ちょっとを生きたというアンクルアーサーの言葉など百分の一にしたって届かないのは仕方ないのだ。

コーヒーはすっかり冷めていた。

俺は飲み干しながらラフィンノームに目を向ける。

「……俺のマシンでここから出て行くって訳にゃいかねえよな」

「あれは宇宙を飛べるようにはできてない」

「気に入ってんだけどなあ」

「俺には、あれこそがお前をここに繋ぎ止めている鎖に見える時がある」

「別に離れようとも思っちゃいねえんだけどな」

「お前がそれでいいなら、それでいいさ」

「今んとこは、それでいいな」

しかしまあ、タンデムで、後部座席にキャットを乗せて、共に無辺の大宇宙とやらに飛び出していけるのなら、こんな閉ざされた空間で五つに連なる人工太陽の周りを羽虫みたいにちょろちょろと飛び回り続けやがて死ぬよりも楽しそうな気がする。

俺はキャットと出会いキャットと愛し合った。たったそれだけでよかったし、それを軸にしてしか人生を考えられない、ただのガキにしか過ぎなかったし、やがてただの大人になり老人となり、アンクルアーサーの言うような長寿など夢想に過ぎないと確認しながら老いて死ぬか、あるいは調子に乗って死ぬのだ。

なるほど、それは確かに酩酊病としか言いようがない。

アップテンポで死ぬかダウンテンポで死ぬかというだけの違い。

ヘイウッドとキャットの名前が揃ってさえいればそれでいい。俺たちは無敵のカップルで相思相愛の二人だ。誰にも負けること無く打ち倒せる二人に違いないのだと俺は確信している。

キャットが俺以外の誰かと、よそのコロニーに旅立って行ったとしたら。想像するだに狂おしい。人工太陽か大地のどちらかに身を投げ出して死ぬだろう。

いずれマシンを降りて太陽に近づくような馬鹿げた真似をしなくなり、少しずつ憂鬱に押し潰されながら死ぬとしても。あるいは狂騒の中で笑いながら事故死したとしても。俺の傍にはきっとキャットが立っている。それだけでいい。

「……んじゃ整備頼むわ」

そう言って、この禅問答みたいな場所から立ち上がる。何一つ実感しないまま。

「一週間はかかる。俺もお前のマシンにかかりっきりになれるほど、暇じゃない」

「ま、その程度なら憂鬱で死ぬってこともねえだろうし金も払うよ」

「仕上げるし、手間賃も貰う」

今の俺にはラフィンノームが完調であればそれでいい。キャットと俺は互いを互いの掌中に収めている。この世に生きる誰よりも信用し頼れる相手がそこにいて、ラフィンノームはアンクルアーサーの手元にある。

何も、問題は、ない。

ある訳がなかったし、あるはずもなかった。

四

屑拾い。

いわゆるスペースデブリの撤去作業。この巨大な円柱を横倒しにしたようなスペースコロニーの外に出て、本体にくっついた屑や辺りを漂っている屑を回収して回る作業。そこらでバイトして回るより十倍は利益率の高い作業だ。

俺はその募集連絡を受けた時、眠っていた。

学校にも行かず、キャットの体温を腕と胸に感じ、太腿同士を心地よく摺り合わせながらベッドで微睡んでいた。

ぼんやりとした視界の中に、裸のキャットが羽根を生やして眠っている。肩胛骨から始まる羽根のタトゥーが両腕をぐるりと周り、先端が両手の甲に届くか届かないかという所まで描かれてる。

俺と一緒に飛ぶようになってから彫ったらしい。普通は背中に羽根を、天使のように描くものだと思うのだが、キャットに言わせると進化論的に不自然だからそれはイヤだったらしい。おかしなところに拘りを見せる。

その羽根のタトゥーを指先でなぞる。わずかに身動ぎするキャットの反応を面白がる。

そういう時間を邪魔するようにイヤリング型の通信装置がけたたましくベルを鳴らし、

俺は半ば眠りながら、無礼にもほどがあるという不条理な怒りの気持ちで、その通話に応じていた。

それが待ちに待った屑拾いへの招集とは。

ラフィンノームに余計なカスタムパーツを奢ってやれる。

たったそれだけのことに俺は高揚して上半身を起こしていた。全裸のままのキャットが何事だよと言わんばかりに反応して、また微睡みに沈む。

「何事だよヘイウッド」

「大事だぜキャット。屑拾いの募集だ」

「ああ、あの割のいいことで有名な、あの」

「お前も来るか？　一発やりゃあマシンの一つも買える金になる」

「行かない、集まりごとは嫌い」

すげなく断られた。二人がかりで稼げばあのラフィンノームを鼎型に匹敵するマシン足りうるカスタムを施せる額を稼げるのだが、キャットの性格上、これは仕方ない。キャットはキャットで色々ある女なのだ。

俺はベッドから跳ね起きて、通話に集中する。

屑拾いのバイトは競争率が高い。慎重にやらないと毎度の参加とは言えはねられる可能性はある。俺ははねられては困る。もうすでに得た収入で何を買うか何と交換するかまで先走って脳裏に描いてしまっている。

俺は常連だし手順も覚えて要領よくやれるから、向こうも採用前提で話はとんとんと纏まった。

「決まった。明日から外に出る」

「おう、頑張ってこい」

「一週間ほど留守にする」

「親父さんに言えよ。私はあんたの母ちゃんかよ」

「一応言うけど、言うだけだ」

何やかやと難癖つけられても殴られる程度の話にしかならないだろう。育児放棄という気もするが、俺だって子供扱いされたい訳じゃあないし。

「たぶん、帰ってくる頃にはラフィンノームも仕上がってる。というか行ってる最中に」

手早く服を着る。キャットはまだ裸のままベッドの中にいる。

古びた廃屋で、かび臭い部屋だった。みんなこのコロニーから出て行ってしまうので空き家には事欠かない。家具なんかも丸ごと全部持って余所に行く連中は少ない。発作的に旅行に行くような感覚で、このコロニーから出て行き、そしてまず戻ってこない。

もうここの記憶は忘れたいとでもいうように失跡してしまう。お袋も、俺宛に連絡を寄越したのは最初の一年ぐらいでしかなかった。

「……キャットお前さ、このコロニーから出て行きたいって思った事ある？」

「何回かある」

「何で？」

「知らん。特に理由はない。むしゃくしゃして思った」

俺も似たようなものだ。アンクルアーサー言うところの鬱状態。別にこのコロニーを出て何をするというアテもないからすぐ忘れてしまうのだが、何かしらの口実さえあればお袋みたいにあっさり出て行ってしまう。お袋が出て行ったのは男ができたからじゃなく、出て行く理由が欲しかっただけのようにすら感じてしまう。

キーを机の上から握り取る。オートバイは俺が使う。理由はここから面接先まで遠いのと、キャットの家は歩いて帰れる距離にあるからだ。本当は送ってやってから向かってもいいのだけれど、寝具の中から出てこないうちは、キャットは無限に微睡み続けられるし、そうする女だ。

「なんかいいの見つけたら持ってきて」

「いいのって何だよ」

「わっかんねえけど、そういう約束をして欲しい」

「んなこと言われても」

「そういうトコの気遣い大事」

「……そうまで言うなら気ィ遣ってみるけど、せいぜいぬいぐるみとかだぞ」

「モノは何だっていいの。私が勝手にウフフってなれればそれで」

何を言ってんのかさっぱりわからない。

知ったことかと部屋を出る。

空き家に素っ裸の女を放置して行くというのも何だが、まあ大丈夫だろう。一応、他人の家ではあるが戸締まりはしておくのだし。

人が住まなくなった住宅街は少しずつ増えている。ぱっと見上げれば人工太陽の向こうまで迫り上がるように家屋が並び、人工太陽を中心にして円を描きながらここに繋がっている。巨大な茶筒の内面にびっしりと生えた錆のようなものだ。実際にこの無数の住居の中で人が住んでいる家は半分もない。その筒の中心にふわふわと浮かぶ人工太陽の周囲に目を凝らせば、羽虫みたいに飛び回っているホバーバイクが見える。数台は朝から晩まで必ずいる。

頭上にいる人や物が落ちてこないのかとたまに気になる。それは頭上にある場所へ移動したって気になってしまう。だが落ちたり浮いたりはしないのだ。それはたとえ本当の大地と言える惑星上にいたとしたって同じ理屈だ。回転する球体の上にいてみんな吹っ飛んでいかないのは何故なのかなんて、クソガキか学者くらいしか気にしないのと同じことだ。考えたってわかりはしない。特に支障は何も無い。学校では遠心力による疑似重力がどうとか習ったが、習っただけで理解はしていない。

俺は小さなオートバイに跨ってキーを回す。マフラーから甘いオイルの匂いがする。

このコロニーが円筒の内側に造られているのは知っているし、こうして見て育った。かなり巨大だから、筒を意識することはほとんど無く、ただどこへ行くにも緩やかな上り坂ばかりという印象だけがある。

平坦なのは五つ等間隔で並んだ人工太陽沿いの道だけだ。人工的な起伏はつけられているからそれほど平坦ばかりであるとか上ってばかりとも感じない。ある時ふっと俯瞰で世界を眺めれば、上り坂しかないな、と感じる程度のことだ。

地面を這う限りは自転車や自動車、オートバイ、電車やバスを使う。

住宅地帯だけでも相当な広さがあるのだ。一周するのに一日や二日走り続けても到底足りない。

住宅地帯、商業地帯と来て緑野の広がる農耕地帯、湖を挟んで工業地帯と、そして発力地帯。大ざっぱに言えばそんなふうに円筒内は色分けされ、それぞれの地帯の真上に人工太陽が設けられている。農耕地帯には天候や四季が設定されていて、雨や雪が発生する。その中を突っ切って俺たちは空中を走り回る。客が一人もいないのに派手に飛び跳ね続ける曲技団。

なので地べたを走り回るだけのオートバイは、たいした速度も出やしないし退屈だったが、歩くのがダルいからというだけで使っているし、さらにダルくなると公共機関を使い始める。

　商業地区に辿り着く頃には夕方になっていた。人工太陽は昼と夜をきれいなグラデーションで演出してくれる。夜明けがあり日没がある。ちなみにナイトフライトともなると競り合う相手どころか人工太陽自体が目視しにくくなって、より死に近づけるからお勧めだ。

　商業地区と言ってもそう人がいる訳ではない。基本的に配達してもらえるから、単に事務所が寄り集まっているだけで、ここ以外で商売してはいけないという決まりもなかった。実際、アンクルアーサーは工業地帯に店を構えているし、個人商店ならあちこちで勝手に開かれていて気まぐれに何か売ったり店を閉めたりしている。

　店や企業が潰れたという話はあまり聞かない。店のオーナーが亡くなったり、コロニーから出て行ったり、そんなのばかりだ。商業地区で数社が合併してこのコロニー全体の消費を管理し供給している。

　銭は必要だが仕事をすれば貰える。仕事にあぶれた試しはない。働いた分だけ金が貰えるシンプルな構造。

　適当な場所にオートバイを停め、求人所へと歩いていく。露骨に通行人が多くなっていたしみんな同じ方向に向かっている。走ってる奴までいる。

　仕事の中でも屑拾いのバイトは人気が高い。求人所がすでに人で溢れ返っていた。

列の最後尾に並ぶと、すぐに後ろにばたばたと列が伸びていく。別に早い者勝ちではないのだから焦らなくてもいいのだが、これが楽しみで生きているという奴まで出る始末だ。俺みたいに空を飛ぶ以外にも、このコロニーの住人が憂鬱を紛らわせる手段も方法も何かとみんな用意している。

たとえば俺の斜向かい辺りにいる同級生のジェロームは、もう完全にこっちを認識せずぼんやりとして、そのくせ、全身はせわしなく落ち着かない状態になっている。ジェロームは小遣いのありったけを薬物に費やし、親の財布どころか他人の財布にまで手を突っ込んでくる薬物中毒者だ。

このコロニーで明確に禁止されている薬物は大体、進行速度が異常に速い、すでに毒物レベルのものであって、中毒の屑になるくらいは容認されている。ジェロームも相当な状態になっていて、若いからまだ体が動いていると言って差し支えないと思う。

ジェロームは俺より頭一つ分は上背があり、ああなる前は陸上競技でかなりの優秀さを示していたのも覚えている。地上を跳んだり跳ねたりではこの憂鬱は癒されないのだ。だからこのコロニーは、精神安定剤としての薬物を定義する上での条件がひどく甘く、ジェロームのような若年中毒者を生み出してしまうのだ。

「……あっへイウッド」

ジェロームの声に舌打ちをした。気がつきやがった。

「お前まだあんな自殺みてえな真似してんの？」

「お前のやってることも自殺同然だろうが」

「薬物中毒者の平均寿命は約五十年らしいぜ。お前はあと三十年以上空飛ぶのか？」

へらへらとジェロームは笑っている。俺がラフィンノームを弄くり回したいのと同じかそれ以上の熱意で、ジェロームはここに並んでいる。弄くる対象がマシンか自分の脳みそかというだけの違いでしかなかった。

ここに並んでいる連中の大半が「遊ぶ金欲しさ」なのだ。屑拾いで生計は立てられない。月に一度定期的に行われるというなら「屑拾い屋」でもいいかも知れないけれど、基本、会社の気紛れとしか思えない募集ですべてが左右され、それに身を預けるのにはジェロームみたいな有様になったとしたって五十年は長すぎる。

俺の親父は生活する分には面倒を見てくれるが小遣いはくれない。ないが、俺はとりあえず日々の生活に困窮することもなく、得た金をすべて趣味に費やせる。

遊ぶ金と割り切る限りは、この屑拾いはかなり効率がいいのだ。

ジェロームもこの仕事で半年以上一年未満くらいの薬物を確保できるぐらいには稼げるに違いなかった。

「ヘイウッド、お前キャットと付き合ってんだろ」

「うるせえぞ、お前の知ったことかよ」

「いや俺、あいつの幼馴染みだし近所だし」

　こんな薬物中毒のジェロームとキャットに関わり合いがあったとは。まあキャットが俺ではなくジェロームを選んでいたのなら、あいつは今紛うことなくジャンキーになっていたんだろう。俺を選んだからこそキャットは空を飛ぶことを選んだ。

　どの道死ぬのだから死に方の問題というだけで。それとも大人になったら、俺たちは空を飛ぶことも薬物に溺れることもやめてしまうのだろうか。

「お前がどこ飛んでどこに激突して死のうと知ったこっちゃねえが、キャットがそうなっちまうのは、あんまりぞっとしねえからな。気ィ遣ってやれよ」

「他人の心配する前に健康管理でもしてろよ、お前は」

　それ以上会話もせず、ただ俺たちは黙って列が進むのを待っていた。基本的には、この先で待つのは作業説明と就業期間の相談、簡単な健康診断、その程度だ。ジェロームみたいな中毒者でも通る。主に就業期間の問題と、きつい作業に耐えられるかという話になる。

　貸与された宇宙服を着てのコロニー外作業は、確かにキツいのだけれど、馴れてくると宇宙そのものを眺めてるだけで楽しくなる。遠くて小さいが本物の太陽も見られる。ジュニアスクールの時に宇宙をちらりとコロニーに沿って飛ぶというイベントがあったが、あの時も感動したものだ。何回見ても楽しい。空を飛ぶぐらい気が晴れる。

　だからこの仕事は人気が高い。酩酊病の遺伝子を抱えたこのコロニーの人間にとっちゃ最高で、その上、結構な金まで貰えるのだから。

面接も検査も余裕でパスし、そのまま宇宙港のドックへと纏めてバスで運ばれていく。

同乗者の中にヴィスコンティもいた。あいつもあいつで鼻型に何か色を付け加えるんだろう。どんな計画か知りたかったが、ついこの間、殴り倒してしまったばかりできさくに話しかけるというのも気まずい。

向こうもそんな感じだろう。怯えているとかそういうのではなく無視している。

バスの中は老若男女入り乱れ、誰でも採用している感が強い。俺も数度やっているが、採用基準はよくわからない。

考えたって何もわかるはずがないのに。

俺の頭の中に違和感すら覚えさせる暇もなく、宇宙港はもう目の前に近づいていた。

五

宇宙港はこのコロニー唯一の出入り口で、特に規制らしい規制もないのだが、訪れる者はそうそういない。工業地区に直結していて、資材などが主に運ばれてくる味気なさで、いるのはここから外へ出て行こうという連中だけだ。

帰ってくる前提があるという違いだけで、俺たちも「出て行こうとする」側には違いない。

貸してもらった宇宙服を着込むロッカールームでは、ジェロームが同室だった。ここで同室ということは作業エリアから宿舎までずっと一緒ということになる。無能がチームに混ざるとそれだけで仕事がしにくくなるし苛々する。どうせならうまいこと回してなるべく楽に金を稼いでいきたい。

「……これってさあ、何か面白いモン見つけたらパクっていいのかな？」

暢気にジェロームが訊いてくる。断りなしに持って行っていいはずがないし、宇宙服姿では隠しようもない。過去には金塊の詰まったトランクが引っかかっていたこともあったらしいが、数十年に一度の話だ。

基本的には廃棄前提の、しょうもないゴミの中に欲しい物が引っかかっていたから持って帰っていいですかと監督に言えば、金塊の入ったトランクでもない限りは大体許可される。

「……言っておくけど、屑だからな、ほとんどが」

そうとしか言いようがない。ゴミの中に金塊が混ざっているなどと期待しているのはジェロームくらいだろう。とは言え、俺だって「短期労働にしては高収入」を期待してここにいるのだし、五十歩百歩か。

みんな多かれ少なかれ何かしらの期待を抱いている。やったこと以上の得をしたがっている。それは何も金塊じゃなくたっていい。

宇宙空間に放り出されること、肉眼で生の太陽を見られること、外を認識できるというただそれだけのことですら利益度外視の採算と勘定が発生してしまう。

大体一週間前後、それが続く。三日目にもなれば幻想もロマンも吹き飛んで、宇宙空間日に十二時間、四時間ごとの休憩を挟んでの清掃作業。

にも見馴れてしまい、ただの清掃作業なのだとみんなが自覚する。まずコロニーから外に出て宿舎となる宇宙船に移ったあたりが、ビギナーの心躍る最高の瞬間と言っていい。

ジェロームは興奮していた。他の多数もそうだし、経験者ですらそうだ。俺も確かに少しばかり、心が波打つ。

コロニーから出るというのがこんなに愉しいものなのかと思う。

このコロニーの外周はかなり長いし面積も広い。それを手分けして根気よく掃除する。拾うのは外壁にくっついている石ころがメインだ。作業中もガンガン小さなゴミがぶつかってくるのだが、宇宙服で弾き返せる。

たまに大きな屑が飛んでくることもあるが、そういう時は事前に管理システムが働いて、掘削機か破砕機のドローンが起動、出撃してこちらに当たる遥か手前で砕いてくれる。そうでなかったらコロニー自体がそもそも、持たない。

内側に重力を発生させているコロニーの外壁には当然、斥力がかかっている。宇宙服の靴底には単純に磁石が仕込まれていて、吸着する。動くのに支障がない程度に磁力は自動制御されている。

六人ほどのチームに分かれ、それぞれが拾った屑を巨大なカートに放りこみながら進む。拾うゴミには事欠かない。果てしなく永遠に無限に続くような地味な作業。コロニー全体を俯瞰して見れば、俺たちこそが屑そのものにしか見えないだろう。

基本的にやっていることは、掃除機をかけて回るだけなのだが、使えない奴はそれすらできない。

俺の班にいる初心者は一人だったからまだよかった。二人以上になると教えながら見守りながらの作業になってしまい、非常にストレスが溜まる。

まあ帰ろうったって帰れない。病気にでもなれば別だが、一週間もやればイヤでも覚えてしまう簡単な仕事だ。

休憩を挟みながら十二時間ばかりの労働を終え、宿舎に帰る。このコロニーを周遊しているもっとずっと小さなコロニーは船内が無重力状態で、結構な肉体労働をした後だととても心地よい。無重力に酔う奴に対応する医師も薬も用意してある。

全身に巻き付けた宇宙服をロッカーに返却しエアシャワーでも浴びたら、あとはフワフワ漂いながら寝るなり食うなりしていればいい。が、初心者は大体は展望台に集まる。何せ外を見る機会は少ない。少ないが、授業やら雑誌やら映画やらで見聞きするのとさして違いはありはしない。これもそのうち覚える。

常連はフワフワしてるだけだし、俺もフワフワしている。

やっぱり同じように常連であるヴィスコンティも、フワフワしながらこっちに流れてきた。

「……よう」

「……おう」

互いに壁や天井、床、手摺りその他にこつこつと爪先や手先をつけて絶妙に姿勢と流れを制御できている。

「……お前、次どうすんのヘイウッド？」

「俺？　冷却回りかな。最近どうもすぐ熱くなる」

「地味だな。派手に回転翼デカくするとかしろよ」

殺し合った相手でも、マシンに乗ってないときなら普通にこういう会話ができる。空をやる連中など話し込む相手は敵の中にしか見つけられないし、単純に語りたいのもあるし、相手もマシンをわかってるから検証にもなる。

「……おめえはよ、ヴィスコンティ？」

「ブーストジェット考えてる」

回転翼ではなく、推進燃料に直接火を入れるジェットエンジンは圧倒的な加速をもたらすが、バカが大金はたいて導入した挙句、激突死するパターンがとても多い。人工太陽に突っ込むイカロスダイブにおいては、いかに回転するマシンを制御していられるかが重要なのだ。

「……制御タイプの出物があってよ。ほれ、噴出口そのものの向きを変えられるやつ」

「よくそんなのあったな」

「たまたま見つけたんだが、えらい高い。引退した奴のマシンから抜いたってよ」

「引退ね」

「あいつ、聞いたことあるだろ、ジャレス」

撃墜王の名高き、ドッグファイトをさせたら随一の、空の魔王だ。その愛機ハンキードリーには確かに可変式ジェット推進器がついていた。

猛烈な加速力を持つジェット推進器に百八十度近い噴射角を持たせ、それを任意でコントロールする。すると回転翼では絶対に得られない、強引な方向変化が可能となる。その動きは常識を越えていて、敵手は呆気にとられて自らの制御を奪われ激突死するハメになる。

「俺が次の、空の魔王になってやるよ」

「まあ言うだけならな。……つうかその魔王サマは何でまた引退したんだ？」

「んー？　ガキができたってよ」

「日和(ひよ)ったもんだな」

「そのガキが墜落死したら効くだろ」

日和ったなどと言って悪かった。ヴィスコンティの話によると、五つくらいになるジャレスのガキが、魔王の玉座に勝手に座ったらしい。

そりゃ五つのガキじゃ墜ちて死ぬ。

それで魔王とまで呼ばれた、他人を激突死させて平然としていたジャレスは引退した。身勝手だと世間は言うだろうが、俺たちはそう思わない。

互いにわかっていてやっているから、死のうと手足がちぎれようと自己責任だ。世の中には片手片足を無くして義手義足になってでもロデオドライバーであり続けようとする奴だっているのだ。

「お前は、ヴィスコンティ？　いつ降りる？」

「やるっつったばっかだろうが」

「……いや、それでもいつかは降りるのかと思ってよ」

「お前は降りるのかよ？　あの女と結婚でもして」

「その予定はねえよ」

「俺だって、ねえさ」

みんなそう言う。なのに何故だかみんないなくなる。

不思議で仕方なかった。

少なくともヴィスコンティはまだ降りない。俺もそうだ。何をきっかけにそういう気持ちになるのか、それが知りたい。

こつん、こつん、と音を立てて床を蹴り壁を叩きしながら、踊るように通路で旋回しながら会話を続けている。

俺とヴィスコンティはほぼ同時に、通路を挟んでそれぞれ手摺りに手をかけて動きを止める。

空をやる者同士の、本能的な危機回避行動。考えるより先に体が動く。

思った通り通路のど真ん中を危険なモノが突っ込んできた。

ジェロームが吹っ飛んでくる。その勢いで飛んでいくと曲がり角で壁に激突して死ぬんじゃねえかというほどに。まあそれを考慮して、すべての曲がり角にセーフティネットが設けられているのだが。

こういう奴の扱いには慣れている。襟首を摑むと同時に勢いとは逆に回転してエネルギーを相殺させる。そうしないと襟首を摑んだ時点で首が絞まるか最悪、頸骨が折れる。

まだジェロームは薬物に酔っている。

「お？　おおお？　ヘイウッド？」

「……明日にゃ抜けてんだろうな、その薬物。そのテンションで俺の班に入られたらどうしようもねえ」

「おっおっ、そっちはヴィスコンティ？」

「……何だよこいつは」

「空も飛ばずに地上で薬物キメて飛んでる奴だよ。同級だぜ」

「終わってんな」

ヴィスコンティの溜息が聞こえるが、損得抜きで因果も理由も何もなしで殺し合いをしてしまえる俺たちもジェローム同様に終わっているし、下手したらこの有様より下だ。

何が愉しいのか爆笑しながらジェロームはくるくると回り続ける。自分を制御できていない。足か頭かどちらかに血液が集中し、濃縮された薬物がジェロームの脳を直接打撃している。

「そう言えばさあ、そう言えばさあ！」

回転しながらジェロームが喚く。ヴィスコンティがひいてる。

「何だよ？」

「ヘイウッドお前、キャットとどういう馴れ初め？」

「あっそれ俺も訊きたい」

「おめえまで何言ってんだよヴィスコンティ」

「いやホラ、後ろ乗せてくれって女なんか山ほどいるけど、ああまで息が合ったタンデムやれる女なんか見たことねえしよ」

「教えてくれー教えてくれー」

「やかましい、いい加減回転やめろお前」

そうまで言われるとさすがに俺も溜息を漏らしていいような気がする。

「……スツーカアタックやってよ」

スツーカアタックはイカロスダイブとはまた別のアホみたいなイベントだ。敵はいない。強いていうなら敵は自分自身。遠心力に支配された円筒の内側では中心にある人工太陽に近づくほどに疑似重力は弱まっていきゼロに等しくなり、そこで上昇が下降に切り替わる。本来ならそれらのタイミングに合わせてオートジャイロが作動して、自然に飛行姿勢が切り替わる訳だが、何せ俺たちはバカなのでその機能を殺している。

つまりどれだけ地表への激突を堪えてタイミングよく切り替えられるかという勝負。

俺はまだラフィンノームを扱い切れてなくて、いささかしくじった。湖に墜ちればまだ助かるかも知れないと思いマシンをそちらへ捻ったが、中途半端に減衰していたから浅瀬に突っ込むはめになった。

水のクッション効果などほぼ無いに等しい状態だったが、機体の損壊だけで済ませ、俺は軽い気絶と打ち身で終わらせていた。キャノピーが完全に壊れて、俺もマシンも水を被ってぐしょ濡れになった。

数分の気絶から目覚めると、同じくびしょ濡れになったキャットが、壊れたマシンに立って俺を覗き込んでいるのが見えた。興味本位で近づいてきたらしい。

ラフィンノームを湖から引っ張り出すのを手伝ってくれたので礼を言った。

大体、そんな馴れ初めだった。

「……あいつ昔っから変わりモンだったからな。なんちゅうか、協調性が無い。別に嫌われてたとかイジメられてたとかそんなんじゃなく、他人と一緒に何かするちゅうのが苦手なんだか嫌いなんだか、いっつも一人でいて、声もかけにくくてよ。そのくせ、必要な時はすらすらコミュニケーションとれるんだよ」

キャットは人を寄せつけないという空気を帯びているのに、その実、人付き合いや会話を楽しむタイプなのだと知ったのは、俺も後の話だ。

俺が湖に堕ちた時、キャットは一人だったが望んでそうしていた訳ではない。

みんなでそこに集まって遊ぼう、と「約束」していたのに、来たのはキャット一人で、そして律儀に待っていたら、俺が堕ちて来た。

「……あいつなら結婚したって空飛ぶなとは言わないだろうな。そこは羨ましい」

そうヴィスコンティが羨ましがるほどには希有(けう)な女だ。

何を言いたいかと言うと、俺は恵まれているという話だ。

一人で死ぬだけではなく、心中して死ねる相手に恵まれた。マシンから降りている時間の憂鬱だってキャットと一緒にいれば紛れてしまう。そうそうない幸運だ。

「ジェロームにはいねえの、一緒に薬物で死んじまってもいいような相手」

「何人かいるよ」

「そりゃまた豪勢な話だ」

いねえのはヴィスコンティだけか」

「空は一人でやるもんだってのは俺の哲学だからいいんだよ。ただ地上で女と付き合ってでもな。どうもこう、憂鬱の度合いがじんわりと広がってきちまってな」

全員だ。一人の例外もなく、このコロニーにいる人間は全員、ひどい酩酊病を患って生まれてくる。そう俺に教えてくれたアンクルアーサーだけがそうではなく、だからこそ千年生きてまだ生きる。

それはそれで別の病気という気がしないでもないが。

六

屑拾いも三日目となりゃそれなりに初心者も落ち着いてくる。

順調、この上なく進むことがほとんどだ。まだモタついている奴はそもそも向いてない。次回の募集時にはよっぽど緊急に纏まった金が必要と言うのでもなければ参加しなくなるだろう。

どれだけ綺麗に片付けていっても、翌日にはもう汚れているので虚しさもあるのだが、やった場所はやってない場所よりも明らかに手が入った痕跡が見られるから比較でよしとして作業に挑む。今のところ、屑しかない。

ジェロームの言うようなお宝は何もない。これはゴミ掃除であって宝探しではないのだ。

十二時間かけて、全身に小さな屑を浴びながら、もう少し大きな屑を巨大な屑籠いっぱいにしていく、ただそれだけの作業。

一目でそれとわかる石ころや鉄屑なんかはいいのだが、機械部品辺りが厄介で、ゴミだと思って取ってしまうことがままある。センサーの類などで、光ってるとか動いてるとか自己主張している物なら触らないのだが、沈黙していたり、ちょっと締め付けにガタが来ていたり、部品そのものが古びてゴミにしか見えなかったり。

そんな程度なら誰かが気づくし、気づかなくても後から専門業者が修理する。俺たちが手動でこの巨大なコロニーに致命的な損壊を与えられるはずがない。相手は宇宙空間を何百年と漂っている鉄柱なのだ。

たまに作業をサボって宇宙を眺めていると、ふっと小さく黒い星のようなものが目に入る。錯視か何かの類。ここから星ぐらいの大きさで見えるのなら、コロニーに達する頃には俺たちじゃ処理できない大きさで、肉眼で発見できるほど近いのなら、とっくに工作ドローンが飛び立って処理している。

事実、すぐに黒い星は見えなくなった。ただの見間違いだと作業を再開するが、また気付くと上を見てしまう。本当にさっきのは見間違いだったのかと興味をそそられる。

初めて外に出た人間は、あまりのスケール感の違いからおかしくなる奴もいる。

　こういうのも、そうなのかも知れない。常連の俺が今更そんなふうになるものかという自負もあって何度も何度も宇宙を見る。

　結局、黒い星は二度と視認できなかったのだが、お陰で手元が疎かになって何か結構ごつい部品を手にとってしまい、慌てて元に戻した。外してしまった物を元に戻しても仕方なかろうとは思うが、やってしまったことは仕方ない。近くに粘着テープか何かで固定しておけばそれでいいのだ。後で監督に報告すればことは済む。

　屑籠を引いて回る十二時間も終わり、屑籠ごと俺たちは宿舎に戻る。また一日が過ぎる。

　黒い星。

　名残惜しく、俺はまた探してしまう。もしくはあったのかも知れないが、すでに破壊されたのかも知れない。どこにも見えなかった。

　代わりに違うことを思い出した。

「ちょっと戻ります」

「戻るって何だ、ヘイウッド」

「忘れ物したんで」

「何を？」

「あとで見せますよ」

　宿舎への帰路に伸びる列から離れ、微量の酸素噴射を使って推進し姿勢を調節する。やってることはさしてホバーバイクで飛ぶことと変わりはしない。

ありもしない黒い星を気にするあまり、忘れていた。

あんまりにも「ちゃんとした」部品だったから勘違いしたのだが、あれはコロニー外部に据え付ける部品ではない。屑として漂ってきたお宝だ。一部の人間だけにとっては金塊ともなり得る代物。

行きも帰りも屑籠自体に推進装置が付いていて、それに乗って行うからそれほど時間はかからないが、個人でやろうとするとひどく時間がかかる。説明が面倒なので音声通話をシャットダウンさせ、代わりに位置識別機能をオンにする。万が一にでもしくじった場合の、保険だ。俺だって広大な宇宙に一人旅立ちたい訳じゃない。
二、三時間はかけてようやくコロニー外壁に磁力でひっついて、その場所まで歩いていく。もう周囲には誰もいない。たった一人でぽつんと、広大な鋼鉄の上に立っていると作業中の活気が消え失せてもの悲しい風景になる。
その殺風景な中を歩いていき、粘着テープで固定させたそれを見る。

すぐに気づかなかったのは不覚としか言いようがないが、知識として知っていただけで実物を見るのも摑むのも初めてだった。

光学式自動照準機。

戦闘用の目だ。俺たちは武器でやり合う訳じゃないが、遣い道はもちろんある。

覗いて見るが、何も映らない。動力が必要なのか、そもそも壊れているのかは知らないがたぶん損傷はない。あとは持って帰ってアンクルアーサーにでも頼ればいい。宙域機動部隊レベルの代物なのは刻印が物語っている。

何としてでも監督を説得して俺の物にする。

俺たちみたいな空をやる連中にとってのお宝でしかないのだ。うまいこと動いて搭載できれば、イカロスダイブやドッグファイトの最中に相手との距離や進行先の状況を正確にくっきりと伝えてくれる。

正直に言えば使い勝手や性能なんかはさておき、特別な物を手に入れたという興奮が大きい。ヴィスコンティあたりが歯噛みして悔しがるのが目に見える。

全面帯（ヘルメット）内部で鳴り響くアラーム音が、俺の愉しい時間を邪魔してくる。アラームを鳴らすほどのことでもなかろうにと思ったが、今回の監督は気むずかしいのかも知れない。

警告音に混ざって耳障りなノイズが入る。何か喋っているが聞き取れない。全面帯をこつこつ叩いてみるが改善しない。とりあえずナップザックに照準機をしまい込んだその直後に「……上……」とだけ聞き取れた。

見上げてみた。

夜があった。昼も夜もないこの宇宙でここだけが夜だった。影が落ち暗くなるその現象を夜と呼ぶ。何ら変わることないはずの視界が暗くなっていた。明るく照らされ続けているはずのコロニー外壁上に影を落とす物がそこにある。

音もなく波風も立てることなく、「黒い星」が俺の頭上に迫っていた。ざっと見ても、削り取られて塗りつぶされた星空は直径一キロ。

次に「……逃げろ……」と聞き取れた。

この質量が迫っているせいで電波障害が発生している。さっきからこれを警告していたのか、俺の通信機は。

逃げられるか。ほぼ俺目掛けて迫ってきているような有様だ。酸素噴射にも限度がある。それにすべてを使い切ることもできない。窒息するのはもとより、加速した自分を逆噴射で減速することもできなくなってしまう。約五百メートル、いや衝撃を含めればさらに五百は動きたい。

心がざわついた。俺の顔が緩む。我知らず笑ってしまっている。

何度も何度も体験してきた。大好きな死がそこにある。

相手が人工太陽であろうと隕石だろうと変わりはしない。ぶつかれば、墜ちれば死ぬのはいつものことではないか。俺は哄笑を高らかに叫び笑って自身を飛ばす。

ざわつきながら落ち着いている。

いつも通りにやればいい部分と異なる部分を計算する。

まず隕石は人工太陽と違って真球ではない点。そして俺自身の動力が弱いという点。宇宙空間では摩擦による減衰がほぼ発生しない点。対象物もまたこちらに向かって動いてきているという点。

急加速で間合(まあい)を詰めながら隕石の接近速度を肌で感じ取る。そしてぶつかるというほど目の前まで来て逆噴射。その繰り返しで格闘する。隕石の表面が観察できる、手を伸ばせば届くというほどの距離。

コロニーにぶち当たるであろうことを見越して、隕石に貼り付くようにして這い上がる。

いつも通りのコーナーリング。

そして隕石の表面にある凹凸の中でもとびきりでかい突起物が見えた瞬間、俺は爆笑した。この速度であの突起物にぶつかったらひとたまりもない。精一杯の度胸試しと腕試しをした結果としての死が見えた。

激突した。

全身に衝撃が走る。俺の命を根刮(ねこそ)ぎ持って行くであろう衝撃。

巨大な誰かの掌に包まれてそのまま握り潰される感覚に気を失いかける。気を失ってから死んだのでは面白くない。生きたままその姿を目視したい。だがもう全身は動かないし何も見えない。

うねうねと全身が揉みしだかれるが握り潰そうとはしていない。

俺の高揚は唐突に掻き消され、困惑ばかりが広がっていく。

「……やることがむちゃくちゃだな君は。あのコロニーの者か？」

死のまった中と信じていた空間から、聞き覚えのない女の声が聞こえると同時に、破砕音と振動が耳と全身に伝わって来た。

コロニーに隕石が激突していた。

そして俺はその隕石の中にいる。

正確には突起物の中に。

もっと言えば隕石に貼り付いていたマシンの中に収納されていた。

七

隕石の進攻は停まらない。分厚いコロニーの外壁を貫いていく。

何も見えない中でそれだけは理解できた。手に触れた何かにしがみついて、全身を支える。衝撃は全身打撲を伴っていたが、死ぬほどではない。立ち上がろうとする。

「動かないでもらえないか。荷物になりきってくれると有り難い」

「……誰だよ」

「それは名前でいいのか？　ジャクリーンだ。ジャクリーン・セリアズ」

「おめえの名前なんか知るか」

「じゃあ何を訊きたいんだ、君は。というか名前は」

「ヘイウッド」

それどころではないのだが、つい素直に答えてしまった。有無を言わせないという意志を感じて呑まれてしまった。

「じゃあ、ヘイウッド君。いいか、絶対に動くな、荷物になれ」

「だから何でだよ」

「……『冷たい方程式』を読んだことは？」

「知らねえよ、何だよそれ」

溜息が聞こえた。が、相変わらず視界は真っ暗なままだ。

「とにかく君という乗員が一人増えたことで計算式をやり直すはめになってる。この上、勝手に動かれたのではたまったもんじゃないから、せめてじっとしていて欲しい」

そういう言い方をされると動かなくなる。

言うなれば、だ。イカロスダイブの真っ最中に、後ろに誰かが突然乗ってきた。今この状態はまさにそれだ。乗って来られるだけでも迷惑なのに、動き回られたら制御しきれなくなって墜ちて死ぬ。

飛び乗って来るのはいい。せめて荷物に徹して欲しい。

その気持ちはよくわかる。

めりめりとコロニーの外壁を突き破り続けているのがわかる。速度を摩滅されることなく飛び続けた隕石は、速度こそ出ていないが、恐らくトルクが増している。パワーだけを過剰に増している。きっと壁を突き破ってしまうんだろう。

「ジャクリーン、って言ったか？」

「話しかけるな、気が散る。こっちは軌道修正に忙しい」

「……何で俺を助けた？」

「そりゃ君、後味が悪いからに決まってるじゃないか」

「俺なら無視するね」

「ヘイウッド君。その価値観と判断基準を否定はしないが、人を自らの手で殺すのを許容できなくてね、私は」

姿勢制御の困難さはわかっている。俺が飛び乗ってきたことで面倒になったことも。

それでもなお、もう一つ確認したいことがある。

「……どこに出て、どこに墜ちる、ジャクリーン」

「湖があるだろう。言ったはずだが。私の行動で誰かが死ぬのは後味が悪い」

「どこから墜ちてきたの、お前」

「火星あたり」

ざっくりそう言われたが、相当な距離だ。コロニー内を端から端まで飛び回るのとは訳が違う。ただ飛べばいい、ぶつかればいいという話じゃない。その距離を飛来しながら、狙った場所、しかも外からじゃ見当もつかない丘陵地帯の湖の底を目掛けてとは。

このコロニーの構造を周知した上でなければ為し得ない。

何者なのだ、この……恐らくは女は。声と名前からしか判断できないが、きっと女だ。

一際派手な音を最後に周囲が静まった。コロニーの外壁を強引に突き破ったと同時に、不意に周囲が明るくなる。水中に届く人工太陽の光によって、半円形の透過キャノピーを上から被せたようなコクピットが目に入ってくる。大きさとしては、ボックスカー程度の数人乗りか。

湖の中が見える。そうそう見られない光景。真上には宇宙に繋がる穴。そこから水が噴き出しているが、すぐに止まった。白い泡のようなものが、見る間に穴を塞いでいく。これは後から聞いた話だが、このコロニーの外壁には、万が一穴が空いた時のために液状化されたウレタン層がぐるりと全体を覆っていて、内部から宇宙への液体や大気の過剰流動に対して応急処置が為されるらしい。

そこまで知って計算しての、ジャクリーンの特攻。

桁違いのスケールで行われるイカロスダイブ。

壁を突き破り水の抵抗を受け、しかしそれでもなお、操りにくい勢いを殺しきれない。

理想なら、湖で止まり湖面に浮かぶことだろう。だが隕石はぐんぐんと水面目掛けて昇っていく。間違いなく今度は湖面を抜ける。

操縦席に乗るジャクリーンに目を向ける。後ろからでも、顔が見えなくても、全身が確認できなくても、女だろうと思った。淡い光の中でもわかる金色の髪をしていた。

女の乗り手。

もうイカロスダイブやスツーカアタックのレベルを遥かに超越しているが、やっていることは同じだ。コロニー内に入ったというのなら、尚更。

直径一キロの隕石を背負ってのアタック。

俺なら隕石を捨てる。この女は捨てようとしない。

そもそもこの行為そのものの意味がわからない。何の目的で、こんな過疎ったコロニー目掛けて隕石なんかで突っ込んで来やがるのか。どの質問も口に出せなかった。

俺には何のアシストもできない。荷物に徹することだけが唯一だ。

歯痒(はがゆ)かった。俺がこのマシンのことを知り、ジャクリーンが何をしたいのかわかっていれば、ことコロニー内の動きであれば何だってサポートしアシストしてやれただろうに、何一つできはしない。

湖面を抜けた。人工太陽の光がくっきりと鮮明にマシンの中とジャクリーンを描き出す。

　そして飛び抜けた隕石は結構な速度で、丘陵地帯に浮かぶ人工太陽目掛けて急上昇していく。周囲の流れで大体の速度はわかるが、この速度は危険領域だ。上昇中に速度を緩めるのと下降中に減速するのとは同じように見えて全然違う。

「衝撃に備えろ。舌を噛むなよ」

「……この速度で急降下しても止められるのか」

「まあ止められなくもないが、今回はそうしない」

「そうしないって」

「地表にこのまま、これをぶつける。あくまで『隕石の落下』でなくては困るからな」

　言っていることがビタ一文とてわからない。

　わからないから黙っていたらさっそく機体が衝撃で揺れた。まだ隕石は上昇から下降へと、人工太陽第三を抜けて切り替わり始めたばかりの場所だった。

「……今の何だ」

「わからん。何か引っかけた。こんな所に何が浮かんでいたのか知らんが」

　普通はこんな所には何も浮かんでいない。この女は普通の「エレベーター」としての空中移動手段まできっと考慮に入れていただろう。だがこのコロニーには常軌を逸した連中が多くいる。人工太陽の周辺を無意味にうろつく空の馬鹿。

　だが主立った面子は、小遣い稼ぎに外にいる。

この一週間は、空は無意味な馬鹿で溢れてはいないはずだった。

だが一人、いる。残っている。

無意識に空を見上げた。遠ざかっていく人工太陽の傍に、見覚えのある機体が歪んで制御を完全に失い、錐揉み（きりもみ）しながら落下していくのが見える。

ラフィンノームが砕け散りながら墜ちていく。

「……止めろ、戻れ！」

我知らず絶叫したが何もできない。ジャクリーンもしてくれない。

止めて戻ったところで何がどうなる訳でもない。が、まだラフィンノームは動いている。ねじれ砕けて墜ちながらも、まだどこかしらが動いている。俺なら。いや俺とキャットのタンデムでならあれを立て直せる。

「……俺をここから出せ」

「無茶を言うな。私は人を殺したくない」

半ば無意識に殴りかかってた。向こうは自分の頭を、こっちの動きも見ないで防ぐ。宇宙服ごしの鈍い拳とは言え、紙風船でも受け止めるみたいに容易く（たやすく）。そしてようやくこっちを見て、俺と目が合った。

ジャクリーンの両目はひどく冷たく見えた。

「君まで死にたいのか？」

「……お前まで死なせてやってもいいんだぜ」

また溜息。全天型モニタの一部に長方形を描くように線が入る。そこから出て行けと言うことらしい。

枠内に踏み込むと、そこだけきれいに外に繋がっていた。外から風が吹き込むことすらない。完全に周囲のモニタ部分と見分けがつかない。不意にたたらを踏んで飛び出し、気流に巻かれて姿勢を崩す。

隕石に貼り付いているマシンが見えた。中央キャノピーから五方向に足を広げ貼り付いている、黒い海星。

ぐんぐんと海星は遠ざかっていく。俺は噴射で踏みとどまる。枯渇していた酸素もコロニー内なら外気から取り込んで使い放題だ。上からは俺のラフィンノームが半壊した姿のまま近づいてきていた。

フロントがほぼ抉り取られている。正面衝突したようだ。

キャットの体がリアシートにだらりと頭を載せて倒れている。こちらから接近するには、俺の宇宙服では推力が足りない。せいぜい、この高度からの落下速度を緩やかにする程度のことしかできない。

正面衝突したラフィンノームとキャット。それは事故ではなく、不意の災いではなく、キャットが自ら選び望んだ結果かも知れない。俺と同じことを考えていたのかも知れない。

それでこそのキャットだ。俺のタンデムパートナーだ。

人工太陽ではなく、突如、頭上に湧いて来た黒い星相手のイカロスダイブを後先考えず試みた。そして俺はしくじった。キャットも、やはりしくじりラフィンノームは廃車同然。だがその状況であっても同じシチュエーションであったって、俺とキャットとラフィンノームが揃えば、タンデムでさえあれば、地獄の淵を目掛けてだって飛べる。そして、生きて帰ることが出来たというのに。

キャットはもう死んでいた。

どうしようもなかった。一縷の望みさえないのは見ればわかる。

左腕が肩ごと削げ落ちて、脳天がちぎれそうなほど深く切り裂かれている。クラッシュした時にローターが切り飛ばしていったんだろう。何回だって見てきた。

俺の降下速度は減衰されているが、ラフィンノームのそれは減衰なしの自由落下だ。待ってさえいれば見る間に近づき、そして抱え込める距離にさえなる。

もう振りまきようがないほど、血液を失ったキャットの体を抱え起こした。ずるりと、ラフィンノームであったものの残骸が俺たちから抜け落ちていく。俺は大気噴射で自分を支えたまま、キャットの死体を抱えている。

不思議と何も思わなかった。脳が考えるのを止めている。考えた先には、きっと一つの結論しかないから。

俺も死ぬ。

噴射を止めてしまえば済むことだ。地面に激突して死ぬには充分な高度だ。少しずつだが確実にその猶予は削られていく。

キャットは死んだ。

だから俺も死ぬ。

実にシンプルなその答えをどうしても導き出せないまま、キャットの亡骸を抱いて俺はゆっくりと降下していく。

死ぬ気もないのに空をやるなと喚き散らしていたのだ。

だが死ぬ方法として空を選ぶのは最も愚かな行為だとも確信していた。死んでも構わないがそれは戦った末の結論でなくてはならない。自ら死ぬなど負けを認めただけだ。

キャットは挑み、そして敗北した。だから死んだ。

俺も挑み、そして敗北したにもかかわらず、何故か生きている。いつか死ぬのなら敗北して死にたい。キャットは見事にそうしてそうなったというのに。

地表に、轟音と共にクレーター状の激突痕が穿たれる。その中心に隕石と黒い海星。

その近くにひょろひょろと、力を失ったラフィンノームであったものの残骸が力なく吸い込まれていった。少し遅れてやってきた土煙が、俺の視界すべてを覆い尽くしてしまう。

姿勢制御も困難な最中、俺はキャットの死体を離さない。

もっと荒れてくれればいい。俺は抗うが、そんな抗いを無意味にするほどに乱気流が吹き荒れてくれれば。それでこのまま死ねるのならそれでいい。

俺たちは自ら死んではいけないのだ。

殺されなくてはならないのだ。

死ねないのだ。だから殺して欲しい。

ずっとそれだけを思いながら、やがて俺の両足は不承不承に大地に降り立ってしまう。

死ねなかった。殺してもらえなかった。

そうして欲しかったというのに願いは叶わなかった。

だから俺はまだ、のうのうとまだ、生きている。

2. Lady Stardust

一

キャットを喪って三年、俺は一度も空に昇らなかった。

黙々と学校に通った。授業など耳に入ってこないのに参加していた。他にやることがなかった。憂鬱の霧は晴れることなく深まっていって俺を呑み込んでいた。

上を見ないようにすらしていた。目を伏せて地面だけを見ていた。空を飛ばない代わりに、俺はこの三年間、地上を飛んだ。

荒れ狂った。

地上に立っているというのに、自分の姿勢を制御できなかった。巷の勝手な噂に曰く「狂犬」ヘイウッド。まあ何とでも呼べばいい。何の理由もわからず突然キレる。滅多矢鱈に、誰彼構わず突然、喧嘩を吹っかける。

相手がどれだけ強かろうと。何人何十人いようと。武器を持っていようと。そのすべてを俺は殴り倒し、蹴り飛ばしてきた。

殺す気でやった。だから殺して欲しかった。

俺を殺してくれた奴は一人もいない。だから俺はまだ生きている。

二度ほど、薬物を入れた。ジェロームの手引きだった。あれは確かに、いい。脳を持って行かれる感じが心地いい。癖になりそうなほどだったが、当のジェロームがそれ以上、俺を誘ってはくれなかった。

「お前のスタイルはかっこ悪すぎる。見ちゃいられない」

「そんなにみっともねえかな」

「最悪だよ。酔って怒鳴り散らそうと強気になろうと弱気になろうと泣き喚こうと、そりゃいいよ、そこも含めてのドラッグなんだからよ。お前、完全に『無』って感じになるからな。死にたかったら遠回しに死なないで直接、毒でも飲め」

そんな訳で俺は薬物中毒にすらなれなかった。ジェロームは薬物を紹介してくれなかったし、俺も中毒じゃないから自分でツテを作る熱意も持てなかった。

単に無気力になるだけという俺の有様は自覚していた。ただ記憶が飛ぶ。時間を磨り潰すのに最適な薬効はそれだった。要するに無駄に寿命をすり減らしているだけで、何一つ楽しんでいない。

そういう俺を親父もわかっているようで、この一年くらいは暴力から説教に移行しているのだが、酒の酔い方が目に見えてひどくなり何を喋っているのかわからないことのほうが多い。もはや説教というよりただの愚痴になっていた。

もう俺は誰からも、何も教わることがない。

教育課程も修了した。あとは就職するなり何なりすればいい。親父の保育手当も打ち切られるのだし、何も考えずに遊んでいられる時期は終わってしまった。キャットが生きていたら、俺はこの三年間、ずっと空にいただろう。

薬物にも酔えない。酔わせてもらえない。喧嘩で殺してももらえない。

俺の中に燻り続ける空の残滓が、自分から死ぬことも許されない。どんなに他人から、空をやらない連中から、自ら死ぬ気なのだろうと思われようと、これは断じて自殺ではないのだという たった一つの矜持がなくならない。

当たり前ではないか。どれだけ死に近づけるか、どれだけギリギリで死を躱せるかのスリルを楽しむのがロデオドライブであって、本当に死んだらただ単に負けただけだ。死にたいだけならいくらでも方法は他にある。だから俺は自殺はしない。

故に憂鬱が濃く重くなる中でただ生きている。目を伏せて下を見て、空を視界に入れないように。ただ上り坂だけが続く地面を這うように三年間を過ごしてきた。

人工太陽の周囲には、今も蚊虫のような連中が群がっているのだろう。

ヴィスコンティの噂はたまに聞いた。かつて魔王の玉座であったハンキードリーを受け継いだ、新たなる空の王。真っ白に塗られた機体はホワイトデュークの諱で呼ばれている。無茶な仕掛けと意表を衝いたトリッキーな動きで相手を自滅させるような真似はしなかった。地上で俺にどれだけ喧嘩で負けようと、空では絶対王者として君臨している。

あいつは、降りないのだろうか。まだマシンに乗り続け、空を駆け回るのだろうか。

ふとそんなことを思ってしまう。乗れなくなってしまった俺だからこそ、そう思う。一人じゃ飛べなくなっていた。後ろにキャットがいてくれなければ、俺は地上からジャンプすることすら躊躇われる。

そのヴィスコンティがたまに、明らかに意図的に俺の頭上に現れる。

地上に降り立って来る。

「……ケツにでも乗るか？」

そんなふうに俺を空へと誘い、その度に俺は首を横に振る。

ヴィスコンティは一人で飛べる。俺という荷物をわざわざ抱え込むこともない。堂々たる一気駆けでその名を馳せたホワイトデューク。

それなのに、今日もそんな調子でヴィスコンティは降りてきた。真っ白なマシンが目映く見える。俺がかつて乗っていたラフィンノームなど話にならない。性能差にあぐらをかいていた頃のヴィスコンティなら付け入る隙もあっただろうが、今じゃ到底敵わない。

「……教育課程修了の卒業記念に、ケツに乗るかって言ってんだけどな、ヘイウッド」

「まだダメだし、今後大丈夫になるって保証もない」

「わかるけどよ、そりゃ」

「乗り続ける。そう言った。それは間違ってなかったとも思ってる。だけどよ、ヴィスコンティ。無理なものは無理なんだ。たとえどれだけ間違ってても、な」

「いや俺がわかるっての、マシンを降りるほうなんだ、これが」

「お前が降りる理由がどこにあるんだよ」

「目標がなくなっちまってな。こういうのって挑戦者こそが愉しいんだよ。王様の椅子に座ってよ、たまに来る奴らなぎ倒してたって面白くも何ともねえ。面倒くせえだけだ。あいつらのがっつきぶりが羨ましく思えるぐらいだ」

王者の風格でそう溢す。

このコロニーの空はすべてヴィスコンティの掌にある。

「誰よりも前に出る。そう思って突き進んできたら、誰よりも前に出ちまった。もう何を目指していいのかわからねえ。こうなっちまうと『降りる』潮時だと思っちゃったりするんだな、これが。いざ王様になってみたら虚しくってな」

だから俺を誘う。玉座を死守するプレッシャーに耐えきれなくて、ヴィスコンティは俺を空へと誘う。競い合いの中でしか価値観を見いだせなくなってしまったからこそ執拗に俺の手を引いてしまう。

俺なら競り合ってくれると期待して。

「……そォいや、最近どうしてんだ、レディ・スターダスト？」

「それこそ知るかよ」

「お前がそんなんになっちまった元凶じゃねえかよ、あの女」

「だから触りたくねえんだよ」

ジャクリーン・セリアズ。

レディ・スターダストの異名でこのコロニーに名を馳(は)せるあの女。

俺も客としてあの女を見ていたのならそれなりに興味も持てたのだろうが、残念ながら他ならぬ恋人を殺された被害者だ。俺だって死にかけた。それでもジャクリーンは何ら咎(とが)められない。

悪いのは俺とキャットのほうだ。

社会通念に照らし合わせればそれは何ら紛うこと無い正義の裁きだ。

亡命者。このコロニーに救いを求めてやって来た女。それがジャクリーンでありレディ・スターダストだ。俺とキャットは自業自得の暴走行為で報いを受けた罪人に過ぎない。ジャクリーンは誰も殺さず死なせないように亡命してきたというのに、無軌道に空を駆け回るから跳ねられて死んだのだという世間の評価。

異議を申し立てる心算はない。概(おおむ)ねその通りだ。

「……何か墜ちてきた時だけ話題でそろそろ飽きられてるよな、あれ」

「最初から俺ァ興味ねえよ」

「だろうけどよ、時の人だったのは確かだぜ」

「……このクソみてえなコロニーに墜ちてきた現実だからな。何にせよ俺ァな、ヴィスコンティ。あんな女には金輪際関わり合いたくねェんだよ」

　この三年間、ずっとそうやってあの女を呪い続けていたような気がする。逆恨みなのはわかっている。不条理だとも思っている。だが無理なのだ。どれだけ理詰めで説得されようと俺は納得しない。自分にとってどれだけ損だろうと俺はそれを繰り返し続けてしまう。

　キャット。俺が全身全霊で愛していると言えた女を奪われた。

　それを思うと我知らず拳を握る。固く堅く握りしめてしまう。

「俺ァお前ェを心配してんだがな、ヘイウッド」

「お前ェに何がわかるんだ、ヴィスコンティ」

「わかったよ、悪かったよ」

　八つ当たりそのものなのだと自覚している。それなのに制御できない。キャットの死に際が、死んだ姿が瞼（まぶた）に焼きついて離れない。

　死んだのだ、キャットは。ジャクリーンに殺されたのだ。

それを忘れることだけは俺にはできない。できないからこそ俺は今、こんな状態になっている。

ジャクリーンは戦争が始まりそうだったから亡命してきたという。

元はグレートブリテン領宙土星方面防衛軍第二指揮官。

「……つか国とかあんのな、まだ」

「あるだろ、そりゃ」

「ここは何の国なんだ？」

「教わった気がするけど覚えてねえ」

確かアメリカだった気がする。太陽系のあちこちに、植民地みたいに「宙域」というエリアが点在し、国そのものは上下左右に拡散しほぼ繋がっていない。このコロニーが漂っているのがアメリカ宙域なので、アメリカ。その程度だった気がする。

まったく日常生活に関係ないので忘れてしまう。ここがどこの国だろうと俺たちが生きて死ぬのに何の関わり合いもない。確かに一時の躁状態をもたらしたが、それも長くは続かない。生まれた時からみんながみんな酩酊病というこのコロニーに墜ちてきた亡命者は、
三年もしたらみんな飽きてしまう。

俺に至っちゃ悪夢の始まりでしかなかった。

「……そういやお前仕事どうすんの、ヘイウッド」

「これから探す」

「世話してやろうか？」

ヴィスコンティの親は商業地帯にあるユニオンの顔役だった。今までは小遣い程度しか貰えなかった様子で、マシンの維持費改造費などはそれでは足りず、かといって親に泣きつくのもよしとせず屑拾いなんかをやっていた。これからは普通に社員として給料を貰うのだろう。

ヴィスコンティのコネに頼れば、俺も楽に仕事を効率よく探せるのかも知れない。

それはわかっているんだが、今ひとつ乗れないと言うか、「働こう」という意志が足りない。

俺が無反応なのがヴィスコンティは不服げだった。こいつはこいつで、俺のことを心配してくれているんだろうが、どうにもこっちに勢いが足りず、その善意についていけないし反応してやれない。

「ま、空も仕事もその気になったら、声かけろや」

それだけ言い残して、ヴィスコンティは飛び立っていく。回転翼の生み出す風が俺の周りを旋回する。俺は目を伏せたまま見送りもせず、手だけで挨拶した。

風が収まってから、深呼吸をする。まるでずっと水の中に潜っていたみたいに、俺はたまにそうする。そうしないと心臓の動悸が収まらなかったりする。ヴィスコンティに空へと誘われた時からそうなっていた。

学生という身分は今日で終わる。みんな何かしらの区切りをつける遊びをする。ジェロームなど大喜びでとっておきの薬物を入れるだろう。ヴィスコンティも空をやる。

俺には三年過ぎても、何もない。

いや一つ増えたものもある。他人からの恨みだ。

地上で俺に意味もなく蹴り転がされた連中からの恨みだ。ヴィスコンティの時みたいに、空の難癖を持ち込んだのとはまた違う。腰に手を回すと、ベルトの背中側に括り付けたナイフの柄が手に当たる。

俺が抱え込んだ、他人からの恨みを象徴するようなナイフ。

何となく引き抜いてみた。フルタングのシースナイフには、刀身に、寝そべった裸の女が刻印してある。両刃のスピアポイントタイプは世間そのものに攻撃性しか有していない。

確か、気に入らない態度を取っていた数人に無茶がらみをして奪い取った代物だ。

何が気に入らないかと言えば、後から聞いた話じゃあいつらはユニオンの御曹司集団だったらしく、その特権階級意識を鼻にかけた態度そのものが気に入らなかった。ヴィスコンティもその一族ではあるが、あいつは空を本気でやって俺と本気で殴り合うぐらいには変わった存在だ。大体、ユニオンの一族なんて連中は生まれた時からコロニー全体を上から目線で見ている。もしくは眼中になく仲間内だけで温和に回す。鼻持ちならないとはまさにああいうのを指す言葉なんだろう。

チンピラに絡まれるなど想定もしていない連中だ。そのうちの一人が血まみれになって「殺さないでください」などと嘆願してくるものだから本当に殺してやろうという気になった。殺してみろ、と言ってくれれば俺も少しは落ち着いただろうに。

このナイフまで所持していたのだ。殺す気も殺される覚悟もない奴にこんな刃物は必要ないから、俺が預かってやることにした。

抜いて眺めて見ると、確かに殺すの殺されるのとは関係なく美術品としての造形は備わっていて、見ていて飽きない。だがこれの切れ味は美術品としての価値を遙かに上回り、あっさりと人を殺してしまえる。

この三年間で得た、たった一つのちっぽけなお宝だ。

眺めていると、俺の薄汚い殺意が清らかな殺意に変わるような錯覚がある。殴ったり蹴ったりというよりも、よりスマートかつ一瞬で片がつく。それを比べてきれいの汚いのと表現するのもどうかと思うが。

ばたばたと耕耘機みたいな排気音を立てながら、見覚えのあるポンコツトラックが俺に近づいてきて、殺意が引っ込んだ。ナイフをぶら下げたまま、その運転席を見る。

三年ぶりに顔を合わせたアンクルアーサーは、相変わらず樹木みたいな外見で、そして巨木のままだった。

二

アンクルアーサーのポンコツトラックの、助手席に座って揺られている。

「……久しぶりだな。狂犬だそうじゃないかヘイウッド、お前は少し……」

ナイフをグローブボックスに音を立てて突き立てたら、黙った。

エンジンの音とタイヤが地面を噛む音だけが聞こえている。

「……千年も生きてんのにまだ喋り足りねえのか、アンクルアーサー？」

「生きてる年月が増えるほど語ることが増える。お前みたいに暴れることが代わりにできなくなるんだがな」

「嘘つけよ、その図体で殴ったらその辺のガキなんか余裕で死ぬぜ」

「そうしたいという衝動がなくなる。可か不可かという話じゃないんだ」

ザクザクと音を立ててナイフを、グローブボックスのFRPに突き立て続ける。自分の車を傷つけられているというのに、アンクルアーサーは何も言わない。

「何で顔を見せなかった、ヘイウッド」

「マシンもねえのにおめえんとこに顔出す理由がねえよ」

「それにしたって避けすぎてなかったか？」

「他に何の理由が欲しいんだよ」

「ジャクリーン」

その名前を言われると無性に心を掻き毟りたくなる。レディ・スターダスト。俺はあの女のことを思い浮かべたくも考えたくもないし、近寄りたくもない。吐き気がする。

ジャクリーンは亡命後の住処に、アンクルアーサーの家を選んだ。変わり者同士の同居は似合っている気がする。アンクルアーサーの所に顔を出さなかった理由は、ジャクリーンと顔を合わせてしまうからだ。

「……ヘイウッド。お前はあの女に屈折した思いを持っている。それを解消しきれないものだからそんなふうに荒れ狂う」

「屈折してるかね、そんなに。俺の女を殺したのはあいつだぜ」

「素直にそう思ってるなら、そうはならん」

キャットの死体を抱いたまま死ねなかった時からわかっていた。そこでタガの外れた不条理な思いを抱けれぱ、きっとこうはなっていなかった。俺はあの時きっと、いささか、不似合いにも賢しすぎたのだ。肝心な時に気持ちにブレーキをかけるという正気さを備えてしまっていた。

今も気持ちが不意に冷めた。ナイフを腰の革鞘に収める。

「……どこで誰が間違ったのかって考えてったらよ、俺なんだよ」

俺が一人で照準機なんか拾いに行かなければよかった。だが頭上から隕石ごと、しかもレーダーに反応しないようステルスフィールドが張られたマシンが墜ちてくるなんて誰に想像できる。

ジャクリーンも想像していなかったし、俺だってそうだ。

だが計算の躓き（つまず）はすべてそこから発生してる。俺を助けたことでジャクリーンは軌道の再計算に追われ、キャットにまで気が回らなかった。そこは、本来なら誰も飛ばない空域だったのだ。あんな馬鹿げた遊びが流行っていることまで計算に入れてはいられない。

が、そうとう突発的なことにもジャクリーンは対応しただろう。二つも三つも邪魔が入らなければ誰も殺さずここに来られたんだろう。何もかも俺が悪いという気になってしまう。直感的に理解したまま三年が過ぎた。

学生ですらなくなったのが、三年目の今日という日だ。

「もう一度訊くが、何故そこに座っている？」

卒業記念に座っている。何のことは無い、そこら中でみんなバカをやって騒いでいる。気持ちの踏ん切りをつける口実にするのに、卒業記念という言葉ほど便利な代物もない。

だから座っている。向かっている。それは言わない。

「久しぶりにあんたのジャンク屋でも覗いてみたくなったからかな」

「ジャクリーンがいるぞ」

「いるだろうさ、そりゃ」

いてくれなきゃ困る。

「……あの女、仕事何やってんだ？」

「最初は、商工会ユニオンと何やらやりとりをしていたが、最近は俺の手伝いくらいだ。たまに女優業のスカウトが来るが無視してる」

「亡命してきた女、映画に出してどうすんだよ」

「まあ話題性はあるだろうしな。それになかなかのタマだ」

「……あんたにまだ男女の美醜が判断できるとは思わなかった」

商業地帯に君臨するユニオンが、所謂（いわゆる）、政治組織として機能しているのも授業で知った。このコロニーの内政を回し外交を行うのが商売人たちだ。一応はどこかの国に所属していても、廃棄コロニーには違いなく、しかも年々過疎化している。外からの情報は大歓迎だろうから、ジャクリーンが受け入れられたのはわかる。

そして、もう利用価値がなくなったからジャンク屋で働いているんだろう。

「……戦争が始まりそうになったら逃げる軍人ってちょっと詐欺っぽくねえか？」

「どうかな。世の中には生まれた時から職業が決まっている場所もある。個人の意志に関係なく適切な職業ってのを当てはめられる。彼女はたまたま軍人で、戦争が起きてないなら事務屋とそう変わりはしないが、実際に殺し合えと言われたら別だろう」

「……大体、それが三年前だろ。戦争なんかどこで始まってんだよ」

「太陽系は広いからな」

「広いったってよ、何か納得いかねえ」

その手の情報はユニオンが管理しているだろうから、ヴィスコンティあたりに訊けば知っているのかもしれないが、俺らにはまったく必要のない情報でしかなかった。広い宇宙の片隅で、鉄屑みたいな者同士が殺し合ってるだけの話だ。

これが地続きの、たとえばこのコロニー内で商業地帯と工業地帯が何でか戦争になったというなら当然、他人事ではないのだが。広い宇宙を挟んでしまうともう、どうでもいい。

余所の事情は知らないが、どこでもそうなのではなかろうか。

「……つうか廃棄指定のコロニーなんだろ、ここ。何でまだ人が住んでんだ?」

「移住は強制されないからな。回っているうちは、回す。そこを考える気になったか?」

「そういや訊いたことなかったけど、アンタいつからここにいんの?」

「廃棄指定時からいる」

「……まあ、そう言い張りたいんなら今更蒸し返さねえけど」

「最初は最先端。何だってそうだが。コロニーなんてのはどれも人間を他の惑星に移住させるための前哨基地みたいなものだ。何世代も時間をかけて、ちょっとずつ次のコロニーを建設し、そこに人が移り、最終的に大地へ送る。その過程で当然、最後尾に回っていく」

それが今のこのコロニーの状態だと言いたげだった。

ジャクリーンは少なくとも先端部分に所属していたはずだ。だから一番後ろに回り込んできた。本人に言わせれば誰かを殺したくなくて。

ふざけた話だ。さっそく一人殺しておいて。

それを考えると、結局、俺が照準機を拾いに行った話に戻る。堂々巡りの三年間だった。これから死ぬまでこうかも知れない。憂鬱だけが濃くなっていきやがて塗り込められて死ぬ。アンクルアーサーはそういう摂理を超えたらしい。

授業で何度も聞かされる話はうろ覚えで他人事なのに、みんなから妄言家呼ばわりされているアンクルアーサーの話は、素直に聞いて覚えてしまう。

丘陵地帯の草原を抜ける。ジャクリーンが着地時に拵えたクレーターは、よりそれっぽく整えた上でそのまま観光地になってしまった。

オートバイでクレーター内をぐるぐる回ってみたことがあるが、路面が荒れている上に傾斜もきつく少しだけ愉しかった。だがやはり地上では、うまいことやれてしまうと途端にスポーツになる。無駄に命を賭けるのだという高揚感がひどく薄い。

久しぶりに上を窓越しに見上げる。ここの上でキャットは死んだ。空で死ねた。

「……三年だぜ、アンクルアーサー。たった三年で俺ァこれだ。こんなんがずっと続くかと思うと堪らねえな」

「多かれ少なかれみんなそうだ。ここで生まれた人間はみんな、な」

「これじゃ鬱病ばっかでちょっとやってらんねえよ。そういやあんた生まれどこ？」

「地球」

「さいですか」

神か何かか、この爺さんは。そんなことを真顔で言うから馬鹿扱いされるのだ。

丘陵地帯の草原を抜けて工業地帯に入る。俺はその間ずっと空を見ていた。人工太陽の周りを飛ぶ馬鹿が何人も、小さな影となって見えた。あの中にヴィスコンティもいるのだろう。先頭を切って意気揚々と舞っているはずだ。

俺は降りた。

あいつはいつまで飛ぶんだろう。

深呼吸を繰り返す。やはり俺の息苦しさはまったく消える気配がない。

アンクルアーサーのジャンク屋が近づくほどにそれは高まり、窒息しそうなストレスとなって襲ってくる。

あとは俺がどこで踏ん切りをつけるかだ。いつこの息苦しい賢さと正気の殻を捨てるかというタイミングの話だ。いつ捨てようと俺一人の問題でしかない。何をどうしようとキャットはすでにいないのだし。

掃除をしていた、作業着のツナギ姿のジャクリーンがこちらに気づいた。見た目はたいして変わっちゃいないが元軍人とはとても思えない。確か俺より十歳くらい年上のはずだが、見た目だけならまだ若いと言い張れる。

停まったポンコツトラックから降りて、ジャクリーンと対峙した。

向こうがこれを対峙と思ってくれるかは別として。俺にとっては対峙だった。

「おい、クソババア」

「……いきなりぶち込んできたな。ヘイウッド君だったか、君は」

「ババア、訊きてえことがある。何をしにこのコロニーに来た？」

それだけを訊きたかった。最初に訊いておくべきだった。本人に。直接。

今更かという表情をジャクリーンは浮かべていた。

だがそれを訊く権利は俺にある。キャットにもあった。俺たち二人だけがジャクリーンにそれを訊ねる権利を有している。

「三年越しの質問だぜ、何をしに来た？」

「……亡命に。戦争が始まりそうだったから逃げてきた」

「要するにビビったんだな？」

「そう表現したいんなら、それでもいい」

「お前がビビったからキャットが死んだんだな？」

ジャクリーンが言葉を失っている。どこから説明したらいいか迷っている。あれは、事故だ。不慮の事故。俺にもキャットにもジャクリーンにすら避け得なかった悲劇。

そんなふうに妙に聞き分けがよかったから話がこじれるのだ。

こいつが、ジャクリーンがキャットを殺した、お前の所為(せい)だという暴論を塞いでしまったら、俺は呼吸すらままならなくなってしまった。

だから今ここで暴発する。

これを卒業記念とする。

たとえ間違っていてもくだらなくても線を引いておかなければどこにも進めやしなくなっていた。

キャットを殺した仇(かたき)を討つ。

その一歩を踏み込んだ。

左拳でジャクリーンの顎を砕く。右で腹を掬(すく)い撃ち。前のめったところを髪を掴んで固めた膝に叩き付け、もう一度左、今度は肘を脊髄目掛けて打ち下ろす。すべて殺す気でやった。三年間磨きに磨いたドス黒い殺意そのものを惜しみなく乗せている。

左の一撃は入ったが顎(あご)は砕けなかった。腹を抉ろうとした右拳は腹筋に弾かれた。布越しにコンクリートでもひっ叩いたような反応。もちろん姿勢など一切崩せない。首を取って強引に首相撲に入る。

その瞬間に、全身がふわりと浮いた。

姿勢制御。一瞬遅れたのはまだ服を掴まれていて邪魔されたからだ。鉄屑の山に墜ちればそれだけで死ぬ。それすらも阻まれ引き戻されて、何もない地面にぶっ倒されていた。

地べたに殴られ一瞬、意識が飛んだ。

その飛んだ状態で無意識に跳ね起き、拳を持ち上げる。

「……今ので立てるのか、ヘイウッド君」

「手ェ抜くどころか貸したな、ババア」

「お前と違って大人だからな」

「ジャクリーン」

アンクルアーサーの呼びかけは、俺へではなくジャクリーンにだった。

「大人げない真似をするな」

「……悪かった」

短く溜息。視線がアンクルアーサーから俺へ。

「私は大人だからもう投げたり極めたりしないで相手してやる」

「舐めてんのか、このババア……」

「そりゃ君に言いたい言葉だよ。ババア舐めんな」

すぱんとジャクリーンの右拳が、左掌に吸い込まれて小気味よい音を立てる。立ち技だけでやってくれるのだという。そして舐めていたのはやっぱりこっちだ。馬鹿相手に喧嘩しかしてこなかった、見様見真似の勘だけで戦ってきた俺が、系統立てられたシステムを身に着けた軍人を相手にしているのだ。緊張感が足りてなかった。やれば勝てるという甘えがあった。その気になるだけでいいと思い込んでいた。ネジを締め直す。まだ煽りが足りない。もっと相手を煽り、自分を追い込む。死ぬ気かと言われるほどに過剰に、だ。これが空のやり方だ。死の寸前まで自分を追い込み最後の最後に生きて立っていられるかという遊びのルールと本質だ。これが楽しいから俺たちはまともじゃない。破滅に近づけば近づくほどに高揚する。

「……まだ子供産みてえ未練があんなら捨てさせてやるよ、ババア」

「高齢出産の最高記録を教えてやろうか？」

知るか。さっきよりも鋭く早く踏み込んで、腹を上から下まで連打した。呼吸を止めて徹底的に打ちまくった。第一目標として、このくそ硬い腹をまず砕く。

それが、どういう腹筋してやがるという感想と共に、ビルか何かを殴り倒そうという絶望的な行為に思えてくる。その絶望に笑いがこみ上げてくるのを抑える。まだ俺は笑って終わりにしてはならない。狂気を繋ぎ止めておくためなら何だってする。何だって叫ぶ。返しで、いいのを一発こちらにも入れられて、堪らず肺から息を絞り出した。俺の言葉も笑顔も容赦なく断ち切られる。動きが止まったところに、さらに追い打ち。殺す気の追撃。それでいい。強引に踊れている。踊らせている。俺のペースに巻き込んでいる。

目標を第二第三と修正し切り替えながら俺はステップを踏む。新たに設けた軌道に合わせて右足でジャクリーンの膝裏を蹴り上げる。そのままカケ蹴りで引っかけて体勢を崩し。

だが地べたをまたしても這ったのは俺だった。こちらの軌道修正がまったく追いつかない。

容赦なく上を超される。相手にすらならない。振り回していたはずなのに、あっさりと振り回される。煽り返され、笑顔も消える。

ジャクリーンが倒れた俺を蹴り転がしまくる。俺は人形みたいに為す術なく転がされ続けるだけだ。何を食ってどう鍛えたら人間の性能がここまで違うのか。

その超人が繰り出す蹴りのタイミングを読んで、躱して、立ち上がった時には無意識に右手が腰に伸びていた。

ナイフの存在を思い出した。

ここまでやればいいだろう。充分に正当防衛が成立する。逆上した俺が刃物片手に襲ってきたからやったんだと言い訳が可能になる。俺だって攻撃の手を緩めはしない。必ず殺すと意気込んで遣う。

だから、頼むからさっさと殺してくれ。もう生きていたくない。正直な話を許してもらえるならこちらも認めるが、確実に疲れているのは確かなのだ。言葉にしてそれを認めず、意地を張れるだけ張り続けているだけなのだ。

だから殺されるために殺す。身を投げ出す。ナイフを滑らせる。躱されることは織り込み済みだ。どこまでも追っていって必ず突き立てる。風斬り音に合わせてジャクリーンがステップワークを踊る。

腹を刺す。あれほど硬かった腹筋の合間にするりと先端が入って行くのがわかる。

素手では無理だった。ナイフがあってようやくジャクリーンを殺せる。殺してもらえる。

突き抜くはずだったナイフの切っ先が横に流れる。強引に流されて、切っ先は服と腹の皮一枚を引っ掻いただけだった。挙句、あっさりとナイフを取り上げられて呆然となったところに、顎に膝を打ち込まれて仰向けにぶっ倒される。

ジャクリーンがナイフをくるくると回す。

「……いいナイフじゃないか。スピアポイントは人を殺すのに最適だ。だがなヘイウッド君、教えてやるがこいつの弱点は、最大の強みであるところの『刺突形状（スピアポイント）』故に、やるとなったら殺さざるを得ないことだ。引っ込みがつかなくなる。それなのに君は迷いなく突き刺しに来る。全然躊躇いなく刺しに来たことは評価するがね。……まあこれは結果論だが、ヤケクソでも何でもあれを選択されるとさすがにこうするのに一手間かかる」

血を吹き出す腹の傷など意にも介さない。もうどうだってよかった。完敗した。またしても同じ相手に。空でも地上でも敗北して、それなのに俺はまだ生きている。アンフェアではないか。キャットは挑んで負けて、その結果殺してもらえたというのに。

「……とりあえず軍隊式に教育してやろう。私をババアじゃなくせめて母上と呼ぶ程度にな。覚悟しろよヘイウッド君。こいつはいっそ殺してくれというぐらい、つらい」

「気にしてたのかよ」

「当たり前だ」

「……そりゃ煽った甲斐があった」

空が見える。俺が捨てて見ないようにしていた空だけが視界にある。人工太陽の周囲に群がる羽虫の影まで見える。キャットと二人であの中に混ざっていたかった。探すまでもなく掌にあり腕の中にいて、背中に感じられた唯一の相手。

それを奪われた地獄がここにある。キャットを奪った相手は、そこにいる。

それを自覚するといきなり立ち上がることができた。殺すとだけ思っていた。

それなのに上半身を起こした時には顔面を蹴り抜かれていた。

そこから先のことは細かく覚えていないが、言うほど地獄でもなかった。だが二度と煽りや冗談でもジャクリーンを蔑称で呼んだりはしないだろう。それは本心からこの馬鹿げた命の張り合いに付き合ってくれたのだという尊敬からそうするのであって、地獄を見せられたからではない。ジャクリーンは俺たちのように酔ってなどいないというのに、わざわざこちらに合わせたリズムを刻んでくれたのだ。

座り込んでこちらを見ているアンクルアーサーと目が合った。

その達観した場所から、俺はどう見えているのだろう。ジャクリーンやそれ以外、このコロニーにいるすべての人間がどう見えているのだろう。

その景色は百年生きようと千年生きようと何も変わらないに違いなかった。

三

一週間ほど、動く気にならなかった。

単純に、全身が痛い。ジャクリーンは容赦がなかった。何回股間を蹴られたかわからない。子孫が云々言っていた気がするので、俺の煽りはかなりいいところを煽ったんだろう。全身打撲どころか骨はあちこちヒビが入っているし内臓も多少損壊している。生きていて、死なない程度に痛めつけられて、そしてそれはやがて回復する。

俺はまだ死んでいないし、自ら死ぬことも禁じている。

「……おめえをそこまで叩きのめせるって相手どんなよ？　それとも百人くらい相手にしたの、おめえ？」

ジェロームが暢気にそうぼやく。

「一人だよ」

「だからどこのバケモンだよそりゃ」

「レディ・スターダスト」

「馬鹿言うな。あんな華奢なのがんなこと、できるかよ」

華奢で女性的に見えるらしい。俺も乗り込んでいった時はそんな印象だったが、ありゃ尋常な生き物じゃない。単に強い弱いとかそんなのじゃないレベルで格が違うし位が違う。

それをジェロームに口先でいくら説明したって伝わる訳がない。

実際に殺し合ってみなければ根本的なところが伝わらない。

「……ホントにあの女にやられたのかよ、レディ・スターダストに」

「否定はしねえし説得しようとも思ってねえけどな」

「何なのかね、おめえらは。体張って殴り合いして」

「誰も死ななきゃスポーツみてえなモンだ。路上格闘技っつうのかね」

空とは違う。空で死のうと殺そうと、法規を無視した暴走事故だ。地上じゃきちんと罪として裁かれるのだから、どうしても手加減が生じる。

「……んなことより持ってきたんだろうな、鎮痛剤」

「そりゃ用意したけどよ、体が痛えんなら痛くなくなるまで寝てりゃいいじゃねえかよ」

「一日何もしねえで寝てると腐ってくる」

「コレ使いすぎるとアタマ、ぶっ壊れるぞ」

「早いか遅いかの違いだけだし、俺のアタマなんかとっくに半分壊れてる」

ジェロームのブレンドしてくれた鎮痛剤を、首の静脈に無針注射で叩き込む。脳が痺れて痙攣（けいれん）するような感覚。一分もしないうちに全身の痛みが薄れて消えた。医療行為の一環としてなら、という謎の基準でジェロームが用意したこの鎮痛剤は丸一日は持つという。それがずらりと三十回分。絶対に一日に二本は打つなとも言われている。

そういう禁忌を匂わされると試してみたくなる性分なのだが、今は言いつけを守る方針でいる。

「……何か食うか？　お礼に奢るぜジェローム」

「お前な、これ売ったら結構な額になるんだぜ、別にいいけど」

こと薬物に関してジェロームは格別の拘りがあり、あくまで愛好家なのだというポジションを崩そうとしない。たぶんそれがジェロームの「飛び方」なんだろう。無意味な上に損するだけの拘りは、人生を少しばかり愉しくさせる。

とりあえずシャワーを浴び寝間着以外の服を着る。全部今まで、激痛が伴うからできなかった。足取りが少しばかりふわふわした。上下感覚も曖昧で、この状態で空をやったら間違いなく死ねる。

外に出て並んで歩く。ジェロームも今朝方、何か入れてきたらしく二人揃ってフラフラの不審者になっていた。

「何食うよジェローム？」

「薄くて軽いやつがいい」

「俺は濃くて重いもんが食いたい」

「お礼に奢るんじゃねえのかよ」

「奢るんだから俺に合わせるだろ」

「……両方出す店に行けばいいんだよな」

「そりゃそうだ」

アホみたいな会話をしながらフラフラと二人で商業地帯を目指す。

空を見上げると、人工太陽に無数の蚊虫がたかっていた。

「……俯（うつむ）いて歩く宗教、辞めたんかヘイウッド」

「んな宗教に入った覚えはねえ」

頭上では重低音の連打が繰り返されている。それがみるみる大きくなって響いてきている。ジェロームと違って、俺はフラフラしていても耳はまともだからわかる。

真上を見た。黒い点が見え膨らんでそれは影となる。

スツーカアタックだ。どこの馬鹿だ。あれは丘陵地帯でやる遊びと相場が決まっている。他でやるにしたって少なくとも居住地帯では絶対にやらない。簡単な話で、人に当たるかも知れないからだ。俺たち目掛けて垂直降下してくる鉄の塊は、そんな常識すら備えていない。

「逃げるぞジェローム」

「どこに？　何から？」

「上から音が聞こえてるだろ。このまま突っ立ってたら直撃されるか風に吹っ飛ばされる」

スツーカアタックでしくじれば当然、下にいる人間も巻き添えになる。が、厄介なのはうまくいった場合でも同じことで、垂直降下を減衰させるための噴出力は大抵の場合、風圧や爆炎を真下に叩きつける。どのぐらいの範囲で逃げれば巻き込まれないかは場合による。

「黒い星」が頭上に迫ったあの時を思い出した。今の俺にはラフィンノームも宇宙服もない。逃げようにも、手足の動きが鈍い。

機体が見えた。こんな不本意な形で殺されるのもいささか癪ではあった。ジャクリーンをあれだけ煽っても殺してはくれなかったというのに、どこぞの馬鹿がしでかしたスツーカアタックで俺は死ぬ。

せめてもと機体を睨む。えらい小型機で単座にしかできない。馬鹿でかい見覚えのないエンジンと、そして。

「……何だそれ」

遺言になるであろう台詞がそんなものになった。

巨大な球体が回転しながら頭上に墜ちてくる。それを抱え込むようなフレームにエンジンが吊られ、その上に人が跨っている。そこまで見えればもう次の瞬間にはまず間違いなく死んでいるが、俺とジェロームを襲った衝撃波はほとんどなかった。

およそ地表から二メートル、俺らよりやや目上というポイントで空中停止に移行。

ありえない動きだった。そもそも基本的にスツーカアタックは、地面スレスレで反り返らないと速度を殺しきれないからやる意味がある。いくら小型機だろうとあの速度で墜ちてきて、ぴたりと停まれるはずがない。

キャノピーがやたら小さい突撃型。

機体をよく見ると噴出口が小さくあちこちに付いている。が、今は少なくとも稼働していない。どうやって浮いているのかまるでわからない。

乗っているガキがゴーグルを額にズラす。どう見たって年下に見えた。

「……狂犬ヘイウッドってのはおめェか？」

「俺じゃねえよ、こいつ」

「何で俺なんだよ。俺、ジェローム」

ジェロームに押しつけようとしてみたが、まあ無理だ。俺を名指しでご指名とあってはこっちの顔から何から知っているのだろうし。

「……誰だ、おめえ」

「オーグルビー」

そしてマシンの燃料タンクをこつんと音を立てて、叩く。

「こいつはネクストデイ。メイドインアメリカのV8だ」

「マシン自慢はほどほどにしろよ。……つか何で揚力発生してんのお前？　重力でも操れんのかよ」

実は気にはなっている。

エンジンはカタログでしか見たことがないし、俺が空をやってた三年前には見あたらなかった。独特のドロドロとした重低音はかなりアクセルを開いてやっても延々と続き凄まじい威圧感を放つ。俺のラフィンノームに搭載していたメイドインブリテンのフラットシックスはどうしても高回転で金切り音のようになる。ヴィスコンティの昴型でもそうだった。このエンジンは違う。

だがそれは、噴出口に作用してはいない。そのパワーで揚力を発生させ空中停止しようとするなら、ここは焼け野原だし俺もジェロームも消し炭みたいになっている。何よりあの垂直降下からの空中停止は無理だ。間違いなく地面に激突するという勢いだった。

「知らねェのかよ、マグヌス駆動だ」

聞き覚えはある。思い出そうとしてみるが、薬物がこんな時に邪魔してくる。思い出せそうで思い出せない歯痒さに舌打ちする。

「マグヌスだかワグナスだか何だか知らねェけどよ、因縁つけんならお門違いだ。俺ァもう三年前から空はやってねえ。絡むんならいいのを紹介してやるよ、空の王様だ」

「そりゃヴィスコンティかァ？」

オーグルビーが馬鹿にしたように笑ったのでこっちも腹が立った。今のヴィスコンティは間違いなく空の王だ。俺にラフィンノームとキャットがまだ備わっていたとしてもホワイトデュークを駆るヴィスコンティには勝てる気がしない。

「……もし空にまだ、タンデムのヘイウッドがいたらヴィスコンティはああも易々と王様にゃなれてねえって話だきゃァ、よく聞くがな」

「そりゃ買い被られたモンだが、もし、とかタラレバで空やってんなら死ぬぜ」

「ヘイウッド、おめえが空に上がらねェってんなら、それはそれで全然構わねえ。空で殺せりゃ手間が省けたってだけのことでよ。何なら地上で殺してやる。お前ェが盗んだ兄貴のナイフでな」

不本意ではあった。十全に動ける状態で相手をしてやりたかった。

「ナイフ？」

腰を見る。奪ったナイフ。命乞いをしてきた奴のナイフ。兄貴。オーグルビーの。思考が追いつかない。

こっちはさっきまで寝たまま流動食の生活だったから、動けるとなると腹が減って仕方ないのだ。

「わァッたよ、そっち片付けてからまた来るわ」

そう言い捨てて、オーグルビーはネクストデイに跨がったまま再び空へと舞い戻る。俺の手も腕も拳も届かない高い高い空へと。

傍(かたわら)ではジェロームがあっけにとられている。

「……ありゃ何なんだ、ヘイウッド」

「お前にゃ関係ねえバカの話だ。……んなことより何食うよジェローム？」

適当な店に入って適当に物を頼む。俺はニンニク強めの青椒牛肉絲(チンジャオロース)。ジェロームはというとキュウリを山ほど頼んで丸かじりしている。そりゃ薄くて軽いだろうが極端すぎる。

「……しかしさっきの凄かったたな、玉乗りピエロみてえなの。何つったっけ？　ボブルビーだかオグレビーだか」

「オーグルビーだろ」

「何であいつ浮いてたんだ？」

そこに気づくとはジェロームもなかなか勘がいい。何で浮いているか、という仕組みに不自然さや違和感を覚えるのは、空をやってないとなかなか、わからない。

俺はメシをかっ込むのを止めて天井を指さす。

「……人工太陽。あれと同じ」

「え、でもアレってちょうどコロニーの真ん中にあるからじゃないの？」

「基本的には遠心力の調和点を利用してるだけだけど、自立的にも浮いてる。間近で見るとメッチャ回転してんだ、あれ。んでどっかに偏った場合に自動で揚力を調節する」

システムとか原理自体は、俺は自分が乗っていたラフィンノームに関してすら詳しくは語れない。

原理など説明できなくてもちゃんと操れていればそれでいい。むしろ語ってる奴に限って乗れていない。そういう感覚的な風潮がある。

だからオーグルビーみたいなのは稀ではある。きちんとそれで乗れていればだが。駆動方式を知っているだけかもわからないし。

「ところであいつが言ってたナイフって何だ？」

腰から抜いてテーブルに置いてみせる。右手にキュウリを掴んだまま、ジェロームが左手で掴んで興味深そうに眺めている。無視して食に集中する。刺激が足りないので山椒など振ってみる。

「……なんかカッケエなコレ。握りも鹿かなんかの角だろ、これ」

「危ねえから、あんまりいじくり回すな。ナントカに刃物っつうだろ。お前そのものだし」

「いやヘイウッド、おめえが持ってるほうが危ねえだろ。ただでさえ馬鹿みてえに強いのに、ナイフまでくっついて来たら無敵じゃねえか」

「……そうでもねえんだな、これが」

俺がそのナイフを振り回して全力の殺意で挑んでも軽くいなされ、そしてジェロームの薬物に頼らなければベッドから起き上がることも困難という有様にしてくれた女がいる。世の中というか宇宙は広い。

オーグルビーみたいなのは空には無数にいる。俺が狂犬呼ばわりされるのが不本意になるほど、アタマの中で常に何かがちぎれているタイプが。そもそもジェロームがそうだ。いつもユラユラしてるだけだから、害がないというだけの話で。

あのオーグルビーは関わり合いを持つと絶対に後悔する。

ジャクリーンは俺を「躊躇いなく刺せる」と評したが、きっとオーグルビーもやれる。これは同種同士を嗅ぎ付け嗅ぎ分ける直感と言っていい。なので俺としては、今やすっかり善良な紳士となった空の王様ヴィスコンティに押しつけてしまいたかった。

そのヴィスコンティが玉座から蹴り落とされて左半身を全壊させるのは、それから一週間後のことだった。

四

ホワイトデュークが見事にブラックデュークになっていた。

焼け焦げて半壊している。左側が全滅しているあたりは持ち主と同じだった。ちなみにヴィスコンティはまだ生きている。俺も知らなかったのだが、普通、死ぬらしい。

「死に損ねた」

見舞いに行ったら平然とそう言われた。

完治まで数年かかるが、数年で完治するのかよと言いたくなるほどぐちゃぐちゃだった。何で完治するんだという有様だった。このコロニーの医療技術は図抜けている。それとも太陽系的な視野から見たらこのぐらいは当たり前なのか。こんなにぐちゃぐちゃになっても完治すると言われたら俺たちは即死する以外に死ぬ術(すべ)がない。

「あいつ飛ぶより殺すことを優先してんぜ」

「……イカレてんな」

「おめえが言うかよヘイウッド」

「俺だって殺意はそんなになかったぜ、そんなに、な」

多かれ少なかれ殺意は絶対にある。それが俺たちのイカれていると言われる所以でもある。だが仕掛けた時から殺す気でいるというのは聞いたことがない。あくまで結果としての殺意であって前提ではない。

かつての撃墜王ジャレスがそうだったようにはなかなかなれない。

俺だって相当競り合って来なければその殺意は生まれなかった。

魔王ジャレスは最初からその殺意を持ち合わせ、圧倒的なマシンパワーでそれを十全に発揮して発散させ数々の人間を死に至らしめ、それを「自損事故」という形でやりのけてきた。機体を受け継いで、悪名を塗り替えホワイトデュークとまで呼ばれるようになったのがヴィスコンティ。そしてヴィスコンティを新たな殺意とその機体を上回るマシンパワーで殺意を抱いてぶつけて来たのが、オーグルビー。

魔王再誕だ。しかも誰よりも優れているであろうマシンを伴って。

「飛び方としちゃ、競り合えなくもねえよ。でも初手から殺す気で来られたんじゃあよ、こっちとしちゃ想定もしてねえから、こうなっちまった訳よ」

ヴィスコンティのあの機体に匹敵する性能をもってして殺しに来る。

初見じゃまず殺されるに違いなかった。俺だってオーグルビーはイカレているとは思ったが、まさかそこまでとは考えても想定してもいない。

「……アレと併走してやり合えるの、俺が知ってるかぎりじゃおめえだけだよ、ヘイウッド」

「そう言われても、俺にゃもうキャットもいねえしラフィンノームもねえんだよ」

「俺のホワイトデュークがまだある。直せる奴ンとこに運ばせた」

それが他のどの店でもなくアンクルアーサーのジャンクヤード。

もう一度空をやれ。

ヴィスコンティからのプレッシャーを感じる。当然、かけてきているだろう。数年は飛べないのだ、ヴィスコンティは。

落ち着いたら補助具を着けて地上で仕事をするだろう。ユニオンの仕事は頭脳労働だから二度と立てなくなったって支障はない。

つまり、まともになる。そこからもう一度、命を投げ出すような真似をできるかどうか。たぶん、本人も確信がない。墜とされて死ななかったのが不運というしかない。

「俺は死ななかった。キャットと違って不運なことに。そして自殺もする気はない」

「俺もそりゃ同じことやったし、思ったぜ」

あの、「黒い星」が墜ちてきた時、俺は死ななかった。ヴィスコンティも墜とされてなお、生きている。だから気持ちはわかる。

見舞いを終えてどこに向かうと言ったら、そりゃヴィスコンティがマシンを預けたというアンクルアーサーのジャンクヤードしかなかった。直せる奴として選ぶのなら、最適だと俺も思うが、ジャクリーンがほぼ常駐している。

だからあまり来たくなかった。ジャクリーンと顔を合わせたくない。とは言え、まだ生きているのはマシンもそうだ。完治するのは持ち主より遙かに早い。肉眼でそれを確認できた。

こいつはまだ飛べる。今すぐは無理でも、じきに。

「……もう歩けるのか、結構頑丈だな、さすが若いのは違う」

「薬打ってるだけっすよ、先輩」

「先輩はなかろ」

「じゃあ姐御(あねご)」

「随分おだててくれるようになったな」

「あんだけやられりゃ馬鹿なりに学習するんすよ」

俺は目線を合わせて喋っていない。普通に怖いからだ。アンクルアーサーより先にジャクリーンに見つけられてしまった。並んで、ブッ壊れたホワイトデュークを眺めるハメになってしまった。

「……せっかくここには戦争がないってのに、殺し合わなくてもよかろうに」

「戦争もしれねえからじゃねえすかねえ。姐御は戦争から逃げてきたんでしたっけ？」

「それを理由に君に殺されかけた」

「……殺されかけたのこっちですけどね」

「不満か？」

「いいえ」

殺して欲しかったのに半殺しにしてくれた恨みはある。とは言え、何とか治りかけているこの体をまた滅茶苦茶にされたくはないから、それは言わないでおいた。

「君らは何でこんな真似をする？」

　俺だって知る訳がない。だけどこれを何となくわかった気になる言葉なら知っている。

「……このコロニーで生まれると、みんな酩酊病になるっちゅうてましたよ」

　そして沈黙が流れる。話題が尽き、気まずくなる。

「……ところでヘイウッド君、宙域戦闘術を習う気はないかね？」

「何すかそれ」

「宇宙で軍人が徒手空拳で戦うために編み出された必殺の格闘技である。それはランカシャーＣＡＣＣと大東流を合和し宇宙物理学を加え宙域戦闘に対応し具体的には遠心分離……」

「いや、いいです」

「……なんだつまらん。せっかく、君と私に関係性が築けると思ったのだが」

　このアホみたいな会話は互いに目線どころか顔すら向けずに行われている。

　短い溜息が聞こえてきた。俺はそれに合わせて深呼吸する。

「……また飛ぶか、このマシンが直ったら？」

「コイツはまだ飛べますよ」

「君は？」

「モノ見てそん時の気分によります」

　俺にわかるのは、この盛大に壊れたホワイトデュークがまだ生きているという、ただそれだけだ。

「……まあ私はだね、あんな無意味な自殺行為をする必要がさっぱりわからない」

「でしょうね」

「このコロニーはあまりにも孤立しすぎて住人が独自の進化を遂げている」

このコロニーの外から来たジャクリーンは、このコロニーで生まれ育った人間特有の気質が理解もできないだろう。イカロスダイブやスーカアタックにも何の意味があるのだと思うだろう。

それが当たり前なのだ。死ぬか殺されるかを試し互いにそれを了解し、結果として死ねれば本望という身投げは遊びで片づけるには訳がわからなさすぎる。

「……外じゃみんな何年生きてんすか、平均的に。寿命として」

「場合に寄るが、百過ぎたらババア呼ばわりされても文句は言えんかな」

「……アンクルアーサーは千年以上生きてるって話っす」

「聞いたよ。他人の構造まで深入りしたくないからそうですか、で済ませたが」

「……戯言でしょ？」

「そうとも言い切れない。たとえばそうだな、超長距離の移動を経て来たとかなら移動中は冷凍して時間が停止されてるだろうし、その分も含めればあり得なくもない」

「……そういやあの爺さん、地球生まれっつってましたよ」

「年齢よりそっちがあり得ん。あそこはそもそも、人類がいない。人類が宇宙に出たのは傷んだ地球を人類抜きで再生させようという偽善みたいな能書きが理由なんだぞ？　何世紀も前から人などおらん。いたとしたら自然発生した、それこそ神様の奇跡みたいな生き物だ」

適当な会話をしながら壊れたホワイトデュークを見ている。どう直すか。まだ使える場所はどこか。無意識に確認してしまう。原型は保っているがフレームがもう使えないかも知れない。エンジンも見た限りでは、外はともかく中はまだ動く。別に飛んでる最中に駆動機関が破裂した訳ではなく、墜とされたという外圧のみならエンジンは結構タフだ。

「……姐御、戦争ってホントにやってんすか」

「やってるよ。私のいたグレートブリテン宙域と、サウスチャイナ宙域が」

「……宇宙にサウスもイーストもねえって気がしますけどね」

「便宜上だ。宇宙に出て見りゃわかる」

確かに俺たちにも、厳密な意味での東西南北なんかない。元々は、人間が決めたと言うよりそこに元から存在していた概念に名前を宛がっただけだと授業で聞いた。

国という概念にまったく実感が湧かない。戦争までするとなると、なおさらわからない。

「……何で戦争なんかするんすかね」

「そりゃ君、交渉が行き詰まって双方ともにキレたからだよ。ここみたいに過疎化を受け入れているところと違って、植民地化した惑星やら衛星やらの利権はみんな欲しがる。前へと進みたがるし発展を望む」

「お手々繋いで仲良くやりゃあ済む話だと思うんスけど」

「そういう訳にはいかんのだよ」

いかねえんだろうなあ、と何となくは思うが、それは俺が空で殺意を肯定したり地上で暴れ回ったりに当てはめての理解であって、国とか言う集団がそんな理屈で似たようなことをやっていいのかなとも思う。

「活気があって発展を望むコロニーや植民星には、必ず揉め事のタネがある」

「だからここを選んだって話ですか」

だからキャットが。

ここからまた沈黙。

あの日あの時誰が悪かったの、誰の責任でああなったのかなど、追及したって仕方ない。そこにまた戻ってきていた。戻るのに必要だったのは、歩き回れないほど叩きのめされるか殺すか、殺されるか、それだけだった。

「……すまんな」

短くそれだけ謝罪された。

何となくそれだけでいいのだという気になった。

それを言ってもらえれば済んだ話なのだったが俺は馬鹿なのだ。体を張ってみなければ、命を賭けなければそれが理解できない。

ポンコツトラックの原始的な水素エンジン音が聞こえてくる。

アンクルアーサーは外に出ていたらしい。トラックの荷台には満載の鉄屑。

「……何だ、仲良くなったのかお前らは」

「見逃してもらえてるだけだよ」

「ま、何でもいい。喧嘩さえしなけりゃ」

アンクルアーサーは常にそう達観している。そうして千年を生きて死なないどころか、壮健そのもの。

三人で並んでホワイトデュークを眺めている。

こんなふうに見つめられるのは、ホワイトデュークもさぞかし居心地が悪かろう。

「……どのぐらいで直せるんだ、アンクルアーサー」

金に関しては心配ない。ヴィスコンティがすべて請け負う。

「金はともかく、期間に関しては何とも言えん。承知の通り暇じゃない」

「でも数年って事ァねえだろ」

「ヘイウッド、お前うちで働かないか？　そのホワイトデューク専任で」

唐突にそう言われても返す言葉がなかった。整備に関してはそこそこ知識も経験もあるが、修理までいくとまったく自信がない。俺は乗る人、あなたは整備し直す人。そういう区切りでやってきた。

そもそもここで働いたら、イヤでもジャクリーンと一緒にいなければならなくなる。それが何とも息苦しくて気まずい。

「やり方は教えてやるし、わからないことがあったら遠慮無く訊いていい。給料も出す。ここにある物は何でも使って構わない。ホワイトデュークがいつ直るのか、どういう形で空を飛ぶのかさえお前次第だ」

「……乗る奴がいねえでしょうよ」

今のところ俺はまた、空をやる気はない。

ジャクリーンが微かに笑ったのが伝わってくる。

アンクルアーサーは無表情のまま呟く。

「……やる奴に売ればそれでいい。それなりの額にするが買う奴は買う」

「だろうね」

「だがヴィスコンティからは、オーグルビーを墜とせる奴にしか売るなとも言われている。修理費用はもう前払いで払ってもらっているし、こっちも買い取っちゃいない。この鉄屑みたいになったホワイトデュークはまだヴィスコンティの持ち物だ」

そこまで言ってアンクルアーサーが愉しげに笑う。

「……だがお前にならタダで譲ってやるよ、ヘイウッド」

「そう来ましたか」

「直すだけ直す。それから考える。それでもいいんだぞ、どうせまだ無職だろ」

「無職だよ」

そして特にやりたいこともなかった。強いて言うなら、ホワイトデュークをもう一度飛べるようにしてやりたいぐらいのことだ。それで金まで貰える。断る理由を探すほうが難しい。

「……わかりましたよ、社長。やらせていただきます」

結局、俺はそう言った。いろんな人間の仕掛けにきちんとはめられているようでいささか癪(しゃく)ではあったし、敬語を使う相手が増えた。

雇い主に対して呼び捨てはないだろう。

その程度の常識は、俺にだって備わっている。

五

ホワイトデュークを元に戻すのではなく、目的に応じて変えてしまう。

その方針をまず決めた。

それはまるで違う物になるだろう。

誰よりも何よりも速くある必要は、ない。

オーグルビーを墜とせるのだと確信できる仕上がりになればそれでいい。度胸試しの道具ではなく誰かを殺すための、殺意の具現化としてのマシンとして仕上げるしかなくなっていた。

オーグルビーの駆るネクストデイはマグヌス駆動。このコロニーでは唯一であろう際物。

それにどう対応すべきか。どうやって墜とすべきか。

マシンビルドの方向性はそこに集約される。

マグヌス駆動は独特ではあるが最強でも最速でもない。むしろジェット駆動ぐらいの古式ゆかしい駆動システムのほうが速い。速さだけなら、マグヌス駆動にそれほどの優位性はない。

あれはレースではなくドッグファイトにおいて無類の性能を発揮する。

ならばこちらもそれに合わせてやればいい。

まずはすべてをネジ一本に至るまで分解することから始めなくてはならない。事故車は徹底してバラし、まだ使えるか歪んでいるか矯正して使えるかもう捨てなくてはならないかを自分の目で見極める。

これが尋常な手間ではない。お陰でジェロームの薬が無くても構わないぐらいには回復した。そのぐらい時間がかかる。

さてどうするか。

「……何か助言は、姐御？」

「本当に無駄な生き方をするのだな君らは。ええ、ヘイウッド君？」

やけに不愉快そうにジャクリーンはそう言うが、俺としても返す言葉がなかったし、ジャクリーンの気に障る理由も思い浮かばないし、不愉快そうに見えるだけで、別になんとも思っていないのかも知れない。正直どうだってよかった。

「そう見えるんなら、そうなんでしょうよ」

「……君らの流儀で私が何か言えるとしたら、まあ我ながら馬鹿げていると自覚した上でコメントするんだが。勝負はミドルレンジだな」

低速でも高速でもなく中速。そこで力を絞り出せるという特性。

トリッキーな動きで殺しに来るのはジャレスもオーグルビーも同じだ。それを躱すとしたら、そこしかない。このコロニーで生まれ育った者に決定的に欠けているという、ハイにもローにも寄ってない速度。

「中速域で最高になれるとなったら何を考えます、姐御は？」

「スーパーチャージャー」

「ターボブーストって言い出すかとヒヤヒヤしたっすよ」

「いやそれじゃラグにつけ込まれて墜とされる」

「実際、ヴィスコンティが墜とされたの、それが理由っすからね」

「もっと言うならこの昴型エンジンも向いてない」

エンジン出力の方向性が、昴型はそもそもが高回転高速度なのだ。俺がかつてヴィスコンティを墜とすのにつけ込んだ隙がそれだ。高く高く回っているうちはいいが、一旦息継ぎをしてしまうとヒョロヒョロになる。

俺のラフィンノームは全速度域で安定していた万能型のロールスロイスエンジンだったが、本気で確実に墜とすのには、平均点を保ちすぎていて尖り方に欠ける。だからヴィスコンティも殺せなかったのだ。

オーグルビーのマグヌス駆動は違う。ここぞというところで刺し殺すのに最適だ。昴型をミドルレンジ特化型にするにはストロークアップしかないが、それはそれでバランスが崩れる。ドッグファイト特化型を、それに特化しているマグヌス駆動相手に作り上げなければならない。

何だかんだ言ったって、俺はもうすでに空に戻る気でいる。

オーグルビーをこの手で墜とす気になってしまっている。

「……マグヌス駆動は単純な加速という点ではそれほどでもないはずだがな」

「でしょうね。噴射口がいくつもついてやがった」

たとえて言うなら、サーカスの玉乗りピエロが曲芸を見せていたかと思うと、退場時に猛烈な勢いでいなくなったりするようなものだ。あのネクストディとかいう機体はそのぐらい、極端な動きをする。空の王を背中から刺して殺せるぐらいには。

たぶんだが人工太陽から次へのストレートでも食いついて離れない。いつまでもついてくる。そしてどうしても速度が落ちるコーナーリングで殺す。ホワイトデュークは充分に速く、なおかつ考えられないような動きが可能なはずだったが、マグヌス駆動には敵わない。

だいぶ、方針が見えてきた。

俺はバラバラにしたホワイトデュークから目を逸らす。その先に黒い海星が鎮座している。ジャクリーンの乗ってきた「黒い星」に貼りついていた代物。

「……単純な質問していいすか？　姐御の海星でやり合ったらどうなります？」

ジャクリーンは鼻で笑った。

「どうなるも何も、ここの人工太陽第一から第五まであっという間に移動する。宇宙での索敵用軍機だぞ。コロニー内でちょこまか飛び回るのにはいかにも向いてない」

「……昴型より速いっすねそりゃ」

「話にならん。大体、お前達のマシンはどれも宇宙を飛べん」

「ちなみにどんな仕組みで駆動するんすか」

「大気中と真空中でもまた違う。大気中を飛ぶほうがやや遅いし面倒だ」

やはり活用できるフィールドそのものが違うというのは性能云々の話以前の様子だった。最新型なら何でもできるという訳でもない。

「……何なら試しに乗ってみるか？」

ジャクリーンは笑っている。

「お前は何もしなくていい。ちょっと軽く流す程度だ。たぶん、それ自体は何の役にも立たない経験だがインスピレーションぐらいは得られるかも知れん」

「……つまり姐御と？」

「あれは動かし方自体が、君らのホバーバイクとはまったく別だ。君一人で動かせるはずが無かろう」

どうなのだろう、あの海星は技術が先を行きすぎている。参考にしようとしたって、どこまで転用できるかわからない。

「……速度抑えて、全部の人工太陽回って、回る時だけ出せる限りの速度を出す。そういう飛び方とかできますか？」

「やれるよ。手を抜くだけだ」

俺が人体の性能差でジャクリーンに及ばなかったように、あの海星はこのコロニー内にいるすべてのマシンをものともしない。そういうのを見て体験しておくのも悪くはないとは思った。

それに一世紀も技術を重ねた軍用機の性能にも単純に興味があった。

「乗せてくれるんすか」

「君が望むなら」

「じゃあ、ぜひ」

キャットを殺した機体だという気後れは多少あるが、申し訳ないことに好奇心が勝る。立場が逆で俺が死んでいてもキャットだって好奇心を優先したはずだ。俺たちはそういう二人だった。

大体、俺が知っているのは直径一キロの隕石込みの話であって、あの海星が単体だったときじゃない。単体だったらキャットが挑むまでもなく、ジャクリーンは躱していたのかも知れない。

そこを確かめたいというのもある。好奇心という動機を誤魔化すためかも知れないが。

「……じゃあついてこい。乗せてやる」

「えっ今？　仕事中っすよ」

「どうせバラバラにした機体と睨み合ってるだけだろう」

それもそうだ。

歩き出したジャクリーンにお供のようについていく。キャットはそういう俺に怒るだろうか。キャットを殺し、俺もしこたま殴られたという相手にへこへこと子分みたいについていく。情けないと言われれば反論の余地はない。

そうして案内された海星は、まさに海星だった。

中央に丸い乗車室。そこから放射状に伸びる、円錐が五つ。円錐は丸い乗車室から伸びていて、地面に接しているのは乗車室の底だった。基本的には、乗降するのに上にも下にも搭乗口はあるらしい。俺が射出されたのは水平に並んだ円推より上の部分からだ。

今回は地上なので下部から入る。

円球の下半分には様々な機器がみっしりと詰まり、その合間合間に生活居住スペースがあるあたりは宇宙を長く航行するのに適している。

コクピットは以前見たようにミニバンを思わせる複数の人間が座れる仕様だ。

俺はジャクリーンの横に並んで座る。ジャクリーンは何かしらパネルを操作して飛ばす準備を始めている様子だったが、その一挙手一投足すべてが何を目的に何をしているのかが理解できない。

「……シートベルトを締めたまえよ」

返事をして指示に従った。

しばらくすると静かではあるが何かが回転している、という音が伝わってくる。

全天型モニタが作動すると、完全に外に放り出された気持ちになる。椅子一つで宙に浮いているような感じだ。下まで見えるのだから全天型どころか全天地型とも言える。

「……どうやって飛ぶんです？」

「こいつは戦闘機じゃなく斥候機だ。あまり派手には飛べん。基本的にはマグヌス駆動の一つ先ぐらいの技術で飛ぶ」

周囲で、例の五つの円錐が猛烈な勢いで回転していた。それは回転翼のように上から下へと空気を流し込んで揚力を得るためではなく、それ自身の回転によって微妙な空気対流の隙間に機体をねじ込んでじわじわと浮き上がる。

なんらの衝撃も感じない。俺たちドライバーは常に横や縦の引力やら遠心力やらと戦っている。人工太陽を駆け抜けた先で失神して、勝手に墜ちて死ぬ奴だって少なくない。

「……大気中、重力下においてコイツのやれることは、真価の半分以下だ。これからのことをこの機体のすべてと思ってもらっちゃ困る」

「コイツとか機体とか、なんかペットネームはないんすか」

「機種機体の通し番号ぐらいしかない」

「寂しいっすね」

「じゃあ君が名付けてくれ」

海星。それじゃあまりにもあんまりだ。考えているうちに海星はあっという間に人工太陽の高みにまで急上昇している。圧力も風圧もないものだから実感がない。周囲の円錐は横のみではなく、この球体を中心に、縦横無尽に激しく回転している。外から見たら球体そのものになっているだろう。

そして走る。確かにあっという間にコロニーの端から端まで横断してしまえそうだった。俺たちは直線速度を競い合っている訳ではない。この速度域は未知そのもので、それなりに興奮はする。

未知にもほどがある。常識を覆される。

それにこの海星には火気もある。相手を殺したいなら自滅するよう仕向けるより直接打撃で狙い撃ちしてしまえばいいという無敵のマシン。

これは正統進化の末にできたマシンだ。

それは、俺の中に違和感が生じてしまう。

マシンに乗せられているという歯痒さがある。多分これでイカロスダイブやスツーカアタックを行っても、何も愉しくないだろう。圧倒的に過ぎ、それゆえ命を賭けているという高揚が発生しない。

ただただ圧倒されるだけだ。そして何もかもが別なのだと思い知らされただけだ。

イカロスダイブを行って互いの命を賭け合っている光景をジャクリーンは何回見ても理解できない。もしこのコロニーがとうの昔に廃棄処分された過疎地でなく最新のコロニーであったなら、あんな遊びはきっと流行らないのだろう。

俺は今、空にいる。

あれほど避けていたはずの空に。

なのに、かつて見たかつて飛んだ、その空とは、これはまったく違う。

乗らなければよかったかと後悔が湧いて来た。矢先に、モニタに影が現れた。古式ゆかしいとしか思えない蚊虫の一匹が後ろから追いついてきている。

ネクストデイ。

ゴーグル装備のオーグルビー。

俺がここにいるとも知らず、この最新鋭の機体についてきている。向こうは全開だろうが、こっちは一割も速度を出しちゃいないと思うと虚しくなる。オーグルビーを墜としたかったら、この海星で接触事故を起こせばいいだけだ。

「……随分頑張ってる奴がいるな」

「あれがオーグルビーですよ」

「あれがか。じゃあ今すぐ仇でも討つか？」

「……何かわかりませんけどね。これで墜としたら反則じゃねえかなって」

「あいつだってマシンパワーで競り勝ったんだろうに」

「でもまだ人が使ってる領域でしてね。こいつは違うんす。これはその、何というか」

「わかってる。これは遊び道具じゃない。戦場で敵を偵察する為に特化されたマシンだ。だから君らが何をどれだけ工夫しようとこのマシンには勝てない。そして地上でも私に勝てない」

間違いなかった。

俺がこの身で理解している。

空でも地上でも勝てない。

レディ・スターダスト。

ジャクリーン・セリアズ。

この女はこのコロニーに突如降ってきた未知そのものだ。このマシンからしてそうだ。

その異質さは、アンクルアーサーに匹敵する。だからジャクリーンはあの老人の元に身を寄せているのだろう。他に価値観を分かち合える相手が、いなかったから。

オーグルビーが引き離されて遠ざかり見えなくなる。

こんな勝ち方を俺は望んでいない。ヴィスコンティすら望まないだろう。

これは、違う。

うまく言えないが、違うのだ。

こんな形では勝ったとは言えないのだ。マシンパワーの差で圧勝するのも俺は間違っているとは思わない。だがジャクリーンの駆るこの海星はあまりにも次元が違いすぎる。そして何より、愉しくも何ともない。

俺たちは死ぬの生きるのの境目を楽しんでいたというのに、このマシンは「まず死にはしないし一方的に相手を蹴散らせる」という代物だ。それはそれでいいのだろうけれど、俺は何故かそれに納得できない。

斃し墜とすべきオーグルビーはもう視界の外にある。そこに優越感も達成感もない。

むしろオーグルビーと共に並んで、この海星に挑みたかった。

あっという間に人口太陽第一を周回してしまう。第五からきちんと回っていると考えたら規格外の速度と旋回能力。このコロニーの連中が総出でかかっても影すら踏めない機体だ。

外から、宇宙から突然墜ちてきて現れた、鼻持ちならない存在だ。

亡命目的でジャクリーンはやってきたのだという。

戦いたくないから。人を殺したくないから。

迷惑な話だ。

俺はその所為でキャットもラフィンノームも空も喪った。今こうして、俺たちロデオドライバーという存在そのものを否定し侮蔑し自由自在に誰も追いつけず追い越せない空をやる。来ないで欲しかった。正しい革新など俺たちには必要なかった。それが癪に障って仕方ない。俺たちは酩酊病を繰り返しながら、どうせ何も起きず何も起こらず人生を送っていくんだろうと悟ってロデオドライブを繰り返し、そしてなるようになる。

「……ブラックスター」

「何だって？」

「このマシンの、ペットネーム。ブラックスター」

「唐突だな。確かに星のような形ではあるが。しかし星は球体で……」

「いいんすよ。俺たちみたいなクソガキが、星を描けって言われて描くような星の形、そのものじゃねえですか、コレ」

「……常々私が思っていたのは、星というより海星だがな」

「黒い海星じゃ締まらないでしょうよ。だからブラックスター。黒い星」

俺が挑みキャットが挑み、キャットは左腕を肩ごと抉られ頭蓋骨を割られ即死した。その相手が誰だと考えた時、黒い海星では笑うに笑えない。

せめて黒い星であって欲しい。

ホワイトデュークも、ネクストディも追いつけない至高の星。

ああ、くそ。

俺は何を暢気に、ここでこうして座っているのか。このブラックスターはこのコロニーで舞い踊る俺たちドライバーの怨敵そのものではないか。なのに何故俺はここにいる。

それをすべて、骨の髄まで確かめるためだ。

俺は小僧でガキであろうが、代わりに若い。ジャクリーンがほぼ失いかけているそれをまだ十全に、この身に満たしている。

だからこうしてここにいて、それはそれでキャットも笑ってくれるだろう。

レディ・スターダストの隣に。

ブラックスターの中に。

参考にもインスピレーションにもなりはしないが、ただ歯痒さを覚え執念に再び火を入れられたことだけに価値を見出してしまう。それこそがすべてに違いなかった。

もはやオーグルビーなど視野にない。俺の敵はレディ・スターダスト。そして彼女の駆るこのブラックスター。

もう一度、空をやる。

俺はそう決めていた。

そしてこの機体を墜とす。

歯牙にもかけられないのは折り込み済み。だからこそ挑む。圧倒的に敵わない機体と、それを見事に操る、頭もイカレていない完璧な乗り手。俺が意地を張る相手としては充分だ。

俺はジャクリーンに挑むだけは挑む。その結果死ぬというなら、なおのこといい。空なら。このブラックスターが十全に飛べぬこのコロニーの空でなら。俺はジャクリーンに勝てるかも知れないのだ。

キャット。

あいつを、お前を死なせたレディ・スターダスト。ジャクリーン・セリアズ。

それにこそ俺は挑もう。今度は敵討ちなどではなく俺の満足のためだけに。

そして死ぬのならば潔く死のう。

その先で、仮にキャットが待ち受けてくれているのなら、俺はもう、何一つ、不満も不平もなかった。

3. Velvet Goldmine

一

　ヴィスコンティの見舞いに行った時に妙な話を聞かされた。

　左半身のほとんどがセラミックコーティングされた無様(ぶざま)な姿だ。骨はほとんど再利用できず人工骨になるだろうし神経組織も電子化されて少しずつ再生していって、数年後には普通に歩けるようになるというから、大したものだ。

「……ここんとこ親父の仕事関連で聞いたんだけどよ。戦争、やべえらしいぞ」

「ほう。何万人とか死んだの？」

「星ごとぶっ飛んだって知るか。そうじゃなくて、じわじわこっちに近づいてきてんだと、戦線が」

「こんな廃棄指定コロニーに何の用事だよ？」

「ホラ、太陽系ちゅうくらいで太陽の周りをぐるぐると回ってるそうじゃゃね、俺ら。だからたまたま軌道が重なっちまいそうなんだと。で、最初は親父らも食料やら燃料やら何やら売りつけるかって腹だったらしいんだが、何かうまく行かないらしくてよ」

「だから、何が？」

「ついにアメリカが参戦。お前一応ここアメリカのコロニーだって知ってた？」

「一応な。でも関係ねえのでは？」

「あるんだよこれが。帳簿ばっか見てたら、わらわら数字出て来てアタマ壊れるトコだった。そういうのもあって、もうこんなコロニー、めんどくせえから攻撃目標にして乗っ取るか解体でもすっかって噂まで出て来てんだってよ」

どうも他人事に思えてならない。俺が見たって何の価値もない田舎だ。

都合が悪いのはジャクリーンぐらいだろう。わざわざ逃げて来たというのに戦禍に巻き込まれるハメになるとは。というか知っているんだろうか。

「……この話ってどの程度知られている話なんだ、ヴィスコンティ？」

「ほとんど俺の推測レベル。だってそんな話、初めて聞いただろ」

「そうだな。もしそうならみんな逃げちまうからな」

「逃げると思う、ここの連中？」

もしかしたら誰も逃げないかも知れない。笑って死んでいくのかも知れない。早いか遅いかの違いだけだ。噂や想像のままで、何一つ変わったことなど起きないのかも知れない。

いつだってこんな場所からは出て行ける。出て行く理由がないだけだ。俺たちが空をやるのと理屈はあまり変わりはしない。

「……それよりホワイトデュークだけどよ、何かいいアイデアねえか」

「スーパーチャージャー」

「やっぱりそれなのかよ。……つうか昴型じゃねえエンジン、心あたりねえか？　あの昴型を下手に速度域変えても仕方ねえし、焼けちまっててレストアできるかどうかもわかんねえ」

「ありゃ最速だぞ。まあドッグファイト向きではあるんだけどな」

「一世紀前ならな」

ネクストデイを墜とすだけなら、実はそれほど苦労はしない。引き離れない程度の性能を持つマシンなら、まあ何とか組み上げられる。

俺の敵は今やジャクリーンの駆るブラックスターだ。

問題はそれができるポテンシャルを秘めたマシン。

「お前が自力で立ってほっつき歩けるようになって、まだ空やるっつうんなら、マシンは返す。それまでは俺が乗る」

「ずっとお前が乗るかもな。数年後じゃどうなってるかわかんねえし」

「……墜ちて降りるのが一番格好悪いのなんかお前がよく知ってるだろ」

「その格好悪い状態が、今のお前だヘイウッド。俺はやりたくてもやれない。お前はやれるのに、やらない」

「マシンがありゃやるさ」

「だから探してやるよ。金なら心配するな。一応、まだ名義は俺だしな」

ヴィスコンティは飛ぶことを重視していたタイプだし、性格的にもドッグファイトは向いていないから、今まで想定外に置いていただろう。どうせリハビリで暇だろうし、せいぜい、いい物を調べて探して欲しい。

「……お前の隣にオーグルビーの馬鹿を送ってやる。ベッド開けておけよ」

「あの野郎に先輩後輩の序列って奴を叩き込んでやるか」

「マシンさえありゃそう先の話じゃねえ。頼んだぜ」

病室を出る。アンクルアーサーのジャンクヤードで事足りるところを、ついこうしてプレッシャーをかけてしまっている。ブラックスターを見てしまっているのだ、俺は。

戦争が近づいているというのも、最新鋭の軍用機がやってくるぐらいにしか考えていなかったし、どうせやるなら、死を実感できる程度には手加減してもらいたい。

盛大な酩酊病を患って生きてきたのだ。そのぐらいの褒美が欲しいと誰だって思うだろう。そう思わなくなった者からこのコロニーを出て行く。例外はアンクルアーサー。そしてジャクリーン。戦争を嫌ってまた逃げるのだろうか。

逃げないで欲しい。俺はまだブラックスターに追いつく足すら手に入れていない。病院を出て上を見る。人工太陽に群がる羽虫の中に、最新鋭の軍用機が混ざっていないかと確かめてみる。

スツーカアタックの影が見える。

ここは居住地帯だというのに。

ここ目掛けてスツーカアタックを仕掛ける馬鹿を俺は一人しか知らない。

オーグルビー。

ご自慢のマグヌス駆動を駆使して俺の頭上に静止している。

「……おめェいつ空に来るんだよ、ヘイウッド」

「足がなくてな」

「足ならついてるようにしか見えねェ。あと兄貴にナイフ返せコラ」

「空での殺し合いをお望みならもう少し待てや」

かちん、と音が聞こえる。ライターの火が点けられた音。オーグルビーが紙巻き煙草を咥えて火を点けている。空でそれをやったら、ものの二、三秒で燃え尽きてしまう。

そういうこいつになら言ってもいいかと思った。そう思うと口元が笑みに緩んだ。

「……戦争に巻き込まれそうだってよ、このコロニー」

「？　センソーって何だァ？」

「んなことも知らねえのかよ、全開火力の殺し合いだ」

「センソーだかセントーだか知らないけどよ、俺ァおめえが空に来るの待ってんだぜ。さっさと飛べやヘイウッド。ヴィスコンティみてえにしくじりゃしねえ。絶対に殺す。おめえの死体から兄貴のナイフを取り返す」

オーグルビーは馬鹿だから戦争という概念自体知らないみたいだったが、俺も知ってるというだけのことで受け止め方はそう変わらない。下手したらこのコロニーに生きてるみんながそうだ。

ヴィスコンティの親父と同じぐらいユニオンに顔が利くというなら、オーグルビーだって聞いていておかしくない噂だろうに、こいつは何も変わらない。

「……お前が空に来ねェなら、適当なのバンバン墜としちまうぞ」

「今もやってるだろ」

オーグルビーは再び降臨した魔王だ。撃墜数は早くも二桁に達していて死亡者数も似たようなものだ。速い、うまい、そういう賞賛ではなく殺すことに特化し、その結果恐怖されている。空でネクストデイを見かけたらまず逃げろと言われ始めている。

いずれこの空から誰もいなくなってしまうかも知れない。

空の羽虫を駆逐した男としてオーグルビーの名が残る。俺が、飛ばなければそうなる。

本命はともかくとして、勘を取り戻す必要もある。

ホワイトデュークの組み直しと併行して、本命ではないが使えそうな機体やパーツはアンクルアーサーのところでばんばん見つかるしそれを買い集めてもいる。そこそこの物にしかならないだろうがブランクは長い。ヴィスコンティがまともに歩けるまで、とは言わなくても三年以上乗っていないのだ。どうしたって勘は鈍る。

オーグルビーを無視して、俺はオートバイに跨り、エンジンをかける。

「まあせいぜい暇でも潰してろ、オーグルビー。お前だって空やったってハイになれないから他人にアヤつけちゃ墜としてる重症患者だ。俺が治療してやる。お前のそれはもう末期だけどな」

空に誰もいなくなり、片っ端から墜としていったその先にあるのは自爆だろう。本来、俺たちには自殺だけはしないという歪んだ矜持がある。オーグルビーにだってきっとある。もう誰も自分を殺してくれないんだなとなったら、この重症の男は泣きながら地上か人工太陽に突っ込むか、それこそジェロームの言うように毒をあおる。

俺が墜としてやらねばならない。親切心として。

あとはもう一顧だにせず無視してオートバイを走らせる。鈍くさくて地べたを這うだけのマシン。空をやるあの感覚とは比べものにならない、ただの移動手段。シートはタンデムシートのままだった。

そう言えば、空でのタンデムにも馴れきってしまっている。

「……すげえのを組んでやるよ、キャット」

我知らず呟いている。空を見る。大地が反り返った空。人工太陽を見る。

あれは間違いなく俺たちの空だった。俺と、キャットの。

二

直線でのみジェット噴射を使う。ただ食らいつくためだ。引き離されては意味がない。

マグヌス駆動のトリッキーな動きは可変式の噴射装置でさらに奇抜に攻め込んで仕掛けてくる。そして墜とされる。太陽か、大地に。

大体そういうパターンでオーグルビーは仕掛けてくる。

抜き去るためにラフプレーをするのではなく、完全に墜とすためだけ。

ただの修復、修理ではいささか物足りない。だからヴィスコンティにもエンジンを当たってもらっている。昴型はまだ使える状態だったが、どうにも向いてない。

ホワイトデュークの車体から外した可変式噴射装置を一つだけ取りつけ、エンジンをフレームからぶら下げる。

ネクストデイのさらに小型版といったところだ。もっともまだパーツが足りていなかったから飛ぶまでもいかない。

メインマシンに関してはどうにも色々な物が足りてない。ブラックスターを視野に入れるとなると到底無理だ。ヴィスコンティに期待するしかなかった。

「……もう面倒くさいから、私のブラックスターを貸してやるからってのはどうだ？」

「別にそれでもいいすけど、何か違うんすよ、あれ」

「何が違うのかがわからん」

「んー、そうすね、たとえばオーグルビーを殺したいだけなら、寝てるとこナイフで首かっ斬るとかでいいんですよ」

「じゃあブラックスターでもよかろ。君は手に入るならより優秀なマシンを選ぶのだろうし」

毎日毎日ポンコツの山を探っている俺にいい加減にしろとでも言いたげにジャクリーンがそんなことを言う。俺も反論はするものの、今ひとつそれでいいのか確信がない。確かにブラックスターを貸してくれるというなら何もかもことは済む。

どんなトリッキーな動きをされようとブラックスターなら動じないし、そもそもネクストデイでは追いつけない。あの円錐が一つでも接触したらネクストデイはそれだけで粉々になり、オーグルビーは空中で霧散しかねない。

でもそういう話になるとやはり、納得いかない。

本末転倒を三回くらい繰り返した、みたいな思考回路が、元軍人のジャクリーンには理解できないのかも知れなかった。彼女はきっと合理的だろう。

「……このコロニーは多かれ少なかれそういう性質だとアンクルアーサーが言っていたが、君ぐらいになると珍しいぐらいなのかな？」

「少なくとも空やってる奴はこんなの珍しくもねえっす」

「……さぞかし長閑かと思って来て見たら迷惑で不躾な酔いどれの集まりとはな」

流星雨が襲ってきた八十年近く前の日から流行始めた遊びだ。「屈折する星屑」がこのコロニーに住む連中にとってどれほどのお祭り騒ぎだったかは容易に想像できる。その結果、コロニーが鉄屑に変わって全員死んだとしたって大喜びしただろう。

だけどここはまだ、火星だか木星だかの中間に浮かび続けている。

合理的に考えるのならこんな場所からは出て行くのが最も正解だろう。

アンクルアーサーが言うように、コロニーは本来、次へのステップ、足がかりに過ぎない。最終的には大地を踏むのが目的で、もう踏めると何度言われてもこの不安定な足場から降りようとせず、あまつさえ踊ろうとしている。

正気じゃない。まさしくその通りでしかない。

精神病棟へようこそ。

ジャクリーンは外から来た正気の人間だ。馴れるには俺たちと同じ病に罹患するか、アンクルアーサーのように達観して千年生きるかだ。

「……そういや姐御は、社長が何でここから出て行かないのか訊いたことあります？」

「いや、ない。プライベートだろうし」

「三年も同棲してたてそりゃねえでしょう」

「いや基本的には顔を合わせてないし、住む所も別だ。一緒に食事をしたり酒を呑んだりなんてこともないしな。本当に世話になってるとは思うが、特に友人や家族という感じはしないし、踏み込めん」

「つか姐御は何の仕事してんすか、ここで」

「主に在庫と出荷の整理と記録なんだが、たぶん在庫に関しては君のほうがもう詳しい」

「……そりゃこの鉄屑の山に何があるのか三年かかっても把握できなかったっちゅう話ですか。絶望感でいっぱいいっぱいですわ」

掘っても掘っても果てがないしアテもない。が、ひょっとしたらという疑惑を熱意に変えて俺はここからお宝を見つけようとしている。屑拾いで金塊を見つけられるのではないかという期待と、さほど変わりはない。

俺がサブマシンの組み込みに夢中になっている背後で、ジャクリーンは綺麗に整頓された、ホワイトデュークのパーツをぼんやり眺めている。そのうちの一つを手に取って首を傾げているのがひょんな拍子で目に入ってくる。

「……何で照準機がここにあるんだ？」

「拾ったんすよ」

「このコロニーにこんな新型の軍事機械は入って来てないはずだぞ」

「そりゃそうでしょうよ、俺が屑拾いん時に拾った奴すから」

そんな物のために キャットが死んだ。正直叩き壊してやろうかと何度も思ったのだが、物に当たっても仕方ない。部屋に転がしておいたのを思い出し、ついでに搭載するかと持ってきただけだ。

「……まだ試してねーですけど、動くんだか」

「こんな物つけてどうするんだ」

「やり合う相手トレースするのに便利っしょ。まあとは、何となく格好いいから」

ハッタリはとても大事だ。ヴィスコンティがマシンを白塗りにしたのだって、飛ぶうえでの意味などなかろうし。とにかく個性を出していくと愛着も湧く。俺たちは空をやるうえでの合理性をおざなりにしがちな所がある。合理性は命綱をつけるような甘えに通じるものだという信仰心からだ。

「結構、最新型だな、これは。たぶん、私より若い」

「姐御は充分お若くあらせられますけどね」

「また教育されたいのかね、ヘイウッド君？」

別に嫌味の心算ではなかったのだが、年齢を言われるのが気になるお年頃なんだろう。

俺の拾った照準機はもっと年式が新しいとのこと。結構なお宝を拾ったかも知れない。金に困ったら売ってみよう。

「見た感じ壊れてなさそうだが動かしてみたか？」

「いやまあ、俺にマシンがあったらそうしてましたがね！」

「すまん」

　今のは本当に皮肉だったのだが今度は謝られた。わからんもんだ。

　何がそんなに照準機が興味深いのか、ジャクリーンはあちこちから眺め回している。そのうちくれと言い出しそうだったから、その時はきっぱり断ろうと準備していたのだが、一緒に来いと促された。

　ブラックスターの中で、実際に繋いで確かめたいらしい。

「……これに元からついてるのよりいいんすか、それ」

「たぶん似たような状態で、未使用だ。積み荷が崩れて零れだしたんだろう」

　繋ぐと振動音がし、空中に小さく制作会社のロゴマークが投影された。初期設定すら終わっていない証拠だ。

「……最初にヒモづけすると後から面倒だな、このタイプは」

「まあ動くみてえですし、そんだけでも」

「そう言わずデモモードか何かで動かそう。確か備わってるはず」

　動くというなら有り難いし新品未使用ならなおいい。トレーサーの類は夜間飛行に向いている。ヘッドライトなどほぼ役に立たなくなる。そういう状況で互いが互いに気づかず正面衝突して、二人とも死ぬなんてことも多い。

夜と、雨風を発生させてる時期の丘陵地帯は基本的にみんな避ける。飛んでも、イカロスダイブやスツーカアタック、ましてやドッグファイトなどまず発生しない。

地上とは速度域が段違いだ。レーダーを備えている奴もいるが、晴れている人工太陽の周りで飛ぶのが基本だから、よほどの慎重派でない限り肉眼と体感でよしとしてしまう。

「……これがあるならマシンなんぞ何だっていいんだよ、極論を言えば」

「照準機一つで?」

「遠くから撃ち墜とせるじゃないか。どうせ速いの遅いの関係なかろ、君ら」

「そりゃそうすけど、銃がねえですよ」

「ブラックスターにはある」

正直、何を考えてんだこのババアとは思ったし声に出かかったが何とか留まった。

銃がついてるのかよ、この機体、と思わず自分がいるブラックスターの内部に目を泳がせてしまう。

「……よく、ついたままで放っておかれてますね、このマシン」

「ユニオンは認めてくれたよ、わざわざ疎開先で発砲して暴れる意味がない」

「……ユニオンがいいなら、いいすけど。それを俺が勝手に撃っちゃうってのは、どうなんすか。捕まりませんかね俺」

「そりゃ捕まるよ。今更逮捕監禁を恐れる君じゃあるまい？」

「そういう問題じゃなくてですね」

「まあ聞け。いつでもその気になれば撃ち墜とせる。ここが肝心肝要なところだ。本当に撃ち墜とさなくてもいいんだ。ロックオンだけでいい。どんな機体にだって危険警告音はついている、あのロックオンされたっていう死の宣告は実にいい脅威になる」

弾が入ってなかろうと模造銃だろうと、それを突きつけられればいい気はしない。嫌がらせとしちゃ序の口だ。たとえ切れないナイフだろうと本当は斬らないナイフだろうと、相手にとっちゃぞっとしない。

いい性格をしている。俺はせいぜいトレーサー代わりに使うぐらいしか考えていなかった。

「……コレについてる銃って、ひょっとして飛ばなくてもコロニー内のマシン全部、撃ち墜とせちゃったりします？」

「偵察機用の小さな奴だが、宙域戦闘用だぞ。射程はこのコロニーを余裕で超える」

また仮想敵としてのブラックスターが遠ざかっていく。何をどうしたって勝てないという意味になりはしないか。一つだけ俺に譲ってくれたとしたって火力が違いすぎる。ジャクリーンは俺の絶望など気にもしないで、大写しのロゴから注意書きの画面へとエンター。

舌打ちが漏れる。

「……キャットがいりゃあな」

「すまんと言ってるだろ」

「いや姐御に言った訳じゃねえすよ」

「だったら聞こえないように喋れ」

そう言われても、愚痴は頭で思うだけと、ちゃんと声に出して言うのとでは発散度が違う。俺だって今更キャットが死んだことをジャクリーンに押しつけたいとも思っていない。

そのあたりは力ずくで矯正された。

なので独り言を言うくらい許して欲しい。

許されるべきではないか。許すべきだと思う。というかそのぐらい許せ。

「……個体認識名称キャット、宜しいでしょうか？　次に性別をご指定ください」

「うおっ、何だ今の、機械が、喋った……！」

「……だから聞こえないように呟けというんだ、刷り込まれたぞパーソナルアシスト機能に。わかりやすく言うとAIに」

「……いや全然わかんねえっす」

「ヘイウッド君、君はもう少し勉強を重視したほうがいい」

「基本、脊髄反射で生きてるタイプなもんで」

「そういう君には似合いだよ。これは大脳のみを担ってくれる。この照準機はもう君の物になったんだ。君だけの物に」

そして短い溜息。心底呆れかえったという、溜息。

「……相棒の性別はどれがいい？　それを言わないと進まなくなった」

「話が見えないんですけど」

「私の性別を入力してください」

「私の性別を入力してください」

「私の性別を入力してください」

「早く決めろ。キャットは男か女か両方か、とにかく決めろ。鬱陶しい」

「いやキャットは女でしたけど、間違いなく」

「私の性別を入力……認証を完了しました」

そしてピーという発信音が、ブラックスターの中に響き渡った。

三

パイロットは孤独だと、いつかおかしくなるのだと言う。

孤独からおかしくなるのだという。それの「話し相手」として開発されたのがパーソナルアシスト機能。最初に認識した音声を主人と認め、何度もの会話を繰り返すうちに適切な返答と判断を学習し、「気が利いて」くる。

それだけではない。パイロットが直感で判断できない機体の状態や周辺状況を的確に把握して、フィードバックしアシストさえしてくれる。

重力が人工太陽を境に目まぐるしく反転を繰り返すコロニーの空での、姿勢制御。それを機械任せにせず自分の感覚で行っているのが俺たちロデオドライバーの本質であり基礎だ。それを否定したことになる。

挙句の果てには、銃器装備だ。もうここまでやられると遊びのカテゴリが変わって来ているような気がする。

レールガンなどまさか肉眼で拝めるとは思わなかった。簡単に言うと磁力で弾丸を飛ばすとか何とか。宇宙空間で放つのに反動がなくて便利だとかどうとか。漫画で見たことがあるが、その時は電気そのものを放っていた気がする。まあ色々とタイプが違うんだろう。

「……とにかく私と君らとでは、戦い方に関する考え方がまったく違う。……たとえばヘイウッド君、前に『殺すけど殺し方は選ぶ』と言っただろう。寝ているところをナイフで刺しても仕方ないと。私は殺したいならどんな時に何を使ったって殺すのだよ」

わかるような、わからないような。

要するにジャクリーンの言っていることは「空で死ぬ覚悟なんかないからエレベーターに乗る」と言っているのと同じな気がするし、きっと正論なのだろう。

とは言え、レールガンを装備するのはそれはそれで格好いい。ハッタリが効いているし洒落っ気を感じる。

しかしそういうルックス方面が先行してしまうと、ついつい、作業が止まらなくなり、熱中するというより煽られているような切迫感を覚えてしまう。早く飛ばしてみたいし、置物にしておくのも躊躇われる。

推進装置がジェットのみだと不便なので、仮にローターを二つ、ティルトタイプに変えて飛べるだけは飛べるようにした。あとは飛んでる最中に分解するような無様を晒さないようマシ締めすれば、飛ぶだけならやれる。が、これでドッグファイトはかなりキツい。完全にネクストデイの劣化版だ。照準機付きのおかしな代物。

つぎはぎした姿に統一感を出したくて、最後に全体を白く塗った。

これが新ホワイトデュークだ。本来、本命である俺だけの専用マシンにはほとんど手を付けていない。こっちに熱中しすぎた。そもそもこれだという情報もパーツも、ヴィスコンティからは入ってこなかったから進めようがなかったのだが。

ゴーグルを装着せねばならないのだが、オーグルビーの真似だと思われるのが癪だったからスクエアタイプを選んだ。

我ながらよくできたと思う。ラフィンノームぐらいが相手なら、これで墜とせる。昴型の高出力をいささか無駄遣いしているが、その分格闘性能は高い。だがネクストディには、少なくともカタログデータ上では圧倒的に分が悪い。

一回だけジェロームが見に来たことがある。俺は地表から五メートルくらいのところで空中静止しながら、緩みがないか確認しているところだった。

「……おっ、できたんか新しいの」

「いや遊びでな。足程度にしか使えねえ」

「じゃあヘイウッド、おめえのオートバイ、もういらないよな?」

「まあ、いらねえな」

「じゃあ、くれ」

「いいけど、代わりに何かくれ」

静かにホワイトデュークを降下させていく。飛び回るより空中静止を繰り返したほうが機体も腕も確認が捗る。

風に巻かれてゆらゆらしていたジェロームは、俺が着地して風が止んでもまだゆらゆらしている。確かホテルの従業員になったはずだが、勤まってるんだろうか。

「おめえに薬をやるのは俺の主義に反するから酒でいいか」

「酒は俺の好みに反する。親父を思い出す」

「じゃあ結局、薬じゃねえか。……まあいいか、おめえも何か変わったし、たまには」

こっちから嚙みつくことは滅多になくなった。別にジャクリーンに叩きのめされたからだけじゃなく、ホワイトデュークを組み上げないうちに面倒な時間を作りたくなかっただけだ。

ジェロームが煙草を渡してきた。ジェロームも自分で咥えて火を点ける。その火を、咥えたまま先端同士をくっつけてもらってくる。肺に煙を入れると、謎の解放感に包まれた。脱力して座り込む。ジェロームも隣に座る。

アホが二人並んでニヤニヤしながら咥え煙草で佇む光景によほどギョッとしたのか、通りすがりのジャクリーンが珍しく顔色を変えて足を止めていた。

「……何をしとるんだ君らは」

「喫煙っす」

「飛ぶ薬」

「姐御もどうすか」

「姐御とか呼んでんのお前、ヘイウッド、クソ受ける」

「いや呼べっつうからさ」

「私はそんなこと強制してない。君が勝手に呼んだんだ」

「細けえことどうでもいいじゃんよ、まだあるけど？　場に女がいるとまた違うし」

何もかもがどうでもよくなる。たまにはこういうのもよい。ハイでもローでもなく、ニュートラル。惰性で生きているだけの状態。アンクルアーサーもずっとこんな感じなんだろうか。なるほど確かに千年生きられる。千年じゃ物足りないくらいに。

「……それじゃ酔えんし遠慮しとくよ」

「酔えるって、俺が酔えるんだから」

「その程度じゃ無理だ。軍にいた時、抗薬物処理をされたんだ」

「……このコロニーに軍隊なんかあったっけ？」

「バカ、おめえ、姐御は空から落っこちてきたんだぞ」

「あっ、レディ・スターダスト」

何故かジェロームは何度も敬礼している。何度もしている。アホだなあと思って俺は咥え煙草でそれを眺めている。ジャクリーンが呆れ顔で見下ろしている。

「ヘイウッド君、凄く面白い顔になってるぞ」

「姐御も相変わらずお美しい」

「敬礼っブリテン式っそしてフランス式っついでにゲルマン式っ」

「……フランス式はちょっと違うし、ゲルマン式は怒られる奴だな」

ジャクリーンが酔っぱらいの無意味な動きに真面目なコメントをしていてクソ受ける。

俺らに呆れたのか、ホワイトデュークに勝手に跨っている。勝手に乗って飛んでいってしまいそうだったが、あいにく俺はそれを止められない。立ち上がれそうにない。無に向かって延々と敬礼を連打していたジェロームが、息が上がって動きを止めた。ぜえぜえ言っている。敬礼でここまで有酸素運動ができる奴を初めて見た。

「ジェローム、お前いつも、んな状態になるの？」

「……待って……息が……呼吸が……」

咥え煙草で呼吸を整えようとする奴も初めて見た。

というかいつもこうだったのに、初めて見た。俺はどんな薬をやっても何も見てなかったしどんな状態にもならなかった。ジェロームが忌み嫌った「無」の状態だ。今はこうして、楽しんでいる。凄く面白い顔になっているらしいし、ジェロームも面白い。薬を入れていないジャクリーンさえ面白かった。

だからジェロームは俺に薬を紹介しなくなったんだろう。

よくわかる。わかる、わかる、と口に出して俺は何度も言っている。わかりがある。

「ヘイウッド、その状態はいつまで続くんだ？」

「知らねえっす」

「人によるけど半日くらいだよ」

「とのことです。俺も敬礼」

「あっジャパン式だ、通だな」

「敬礼に通とかあるのか〜初めて知ったな〜」

「……あー、ヘイウッド君、まだ私が認識できているか？」

ホワイトデュークに横座りしているジャクリーンなら確認できている。わかっている。ちゃんとわかるわかるわかるわかるわかる。

「やかましい。朗報があるんだが半日後にするか？」

「いや、いい報せなら早いほうがよりわかるっす」

「フレームの在庫が見つかった。年式は古いがまあまず問題ない。メイドインムーンだ」

口から煙草が転げ落ちた。一気に日常に戻っていく。ような気がする。気がするだけで立ち上がれない。ただ頭の中だけが速度を落としてゼロになり、空中静止している。

足下で煙草が燻り、濃い紫煙が立ち上ってくる。気にしなかった。

「……ルナアーマルコフレーム？」

「いささかびっくりしたし、さぞかし喜ぶだろうと思って伝えに来たら、違う方法で喜んでいるからどうしたものかと」

「ヘイウッド、煙草がもったいねえぞ」

「……ああもうどっちにハンドル切ったらいいか、わかんねえ」

「だから半日後にしろと言ったのに」

「なあヘイウッド煙草落ちてるってヘイウッド。……ちゅうかそのルナルナって何？　全然意味わかんねえし煙草がもったいねえ」

「そらおめえアレだよ、何だっけ、とにかくこーんな感じになってて、こう」

「ジェスチャーで説明されても、俺そういうのわかんないし」

語彙という語彙がすべて、根刮ぎめりめりと腐っている。いやジェロームに説明してやっても、結局は理解してくれないと思うが。ともあれ何より震える指先で煙草を拾った。

薬効ではなく興奮で震えている。

ルナアーマルコフレーム。

千年前に造られていても劣化しない。滅多に出回らない。当たりどころか大当たりだ。何よりも軽く何よりも堅く何よりも柔らかい。何もかもをいいとこ取りした、バカの考えたような無敵のフレームだ。

月面工場で作られた試作品が、確か通し番号で千まであり、千しかない。

この広い宇宙に散逸した千のうちの一つだ。この興奮はたぶん、空をやる人間にしかわからない。

「……どうする？　せっかく組み上げたところなんだが、バラすか、コレ？」

ジャクリーンが横座りにしたシートを突く。一瞬、その誘惑に駆られた。口に煙草を戻して堪える。もう一度煙を肺に入れても、どう頑張っても陶酔できなくなっていた。

「いや。昴型じゃ力が足りないっす」

「たまたまルナアーマルコフレームがあった、というだけで他のどれもないからな」

「それだけでも最高っす、申し分ねえっす」

「そりゃよかった」

次はどうすればいいのかわからない。ルナアーマルコフレーム自体は奇跡のような代物だが、それ自体は希少金属の塊でしかない。動きはしないし、浮かないし、飛ばない。色々くっつけなければならないのだが、フレームの能力が突出し過ぎていて昴型ですら搭載が躊躇われる。そのぐらい傑作なのだ、あのフレームは。材料も設計も環境もすべて同じにしてやっても二度と同じ物が造れなかったという逸話付き。

閃いた。

「姐御、ブラックスター、バラして……」

「イヤだ。言うと思ったよ。そりゃこのコロニーで手に入る最良の物だろうからな」

「そこを何とか」

「絶対にイヤだ。私だってアレには愛着がある」

「乗っていいすから、姐御の名義で」

「何で今更ホバーバイクに乗り換えなきゃならんのだ」

くそ。まあしかしその通りだ。

他のアプローチで言えば、ヴィスコンティ一択しかない。あいつもルナアーマルコフレームと聞いたら本腰を入れるはずだ。金が要るというならユニオンの金庫破りを実行したって不思議じゃないし何なら俺がやる。

何とか立ち上がった。ふらふらと歩いて、ホワイトデュークにしがみつく。

「……どいてくれ、姐御。こいつはタンデム仕様じゃねえ」

「だから半日後にしろと言ったのに」

ジャクリーンがどいてくれた。俺はシートになんとかよじ登り、機体に自分の体を、安全帯で強引に縛りつける。ひどくのろのろと動いているのが苛立たしい。

「その状態で飛ぶ気か？」

「俺が飛ぶ訳じゃねえすから、幸いにも」

まさに幸いにも、だ。ホワイトデュークは俺がどんな状態でも飛べる。仮に死んでしまっても勝手に飛べる。そしてそういう状態にしておいて、本当に助かった。

ジャクリーンも無理に俺を説得する気はなさそうだった。力ずくを選択された場合、俺はどうにもならない。

「……キャット」

呼びかけると、照準機が音を立てて起動しパーソナルアシストが反応する。

「はい。いかがいたしましょうか？」

女の声。何度も呼びかけて、返答の響きに注文を付ける。三年間、キャットという単語を誰かの名前として呼びかけたことはなかった。それは別れて忘れた女のように、無機質な文字列であり単語でしかなかった。どう取り繕ってどう言い直させても、それはキャットの声にはならなかったが、俺の中では、その単語は名前としての、呼びかけとしての言葉に変化し血肉を取り戻していく。

機械的で違和感のある返答が、段々と気にならなくなっていく。他の誰かの名を呼ぶ言葉としての「キャット」には、そうする心算など微塵もなかったのに、かつて失った、あるいは捨てた、そしてそのことを後悔している俺の気持ちを慰めてくれる。

キャット。また以前のような口調でそれを俺が発音できた。

今はそれだけでいい。パーソナルアシストに完璧さを求めるのは先でいい。

だから適当なところで手を打った。

「……飛べ。居住地帯の病院だ。何ならヴィスコンティの病室に突っ込め」

「おい、そんな指示を出すと本当に突っ込むぞ」

「……じゃあ何となく迷惑がかからない程度に飛べ」

ジャクリーンが声を荒らげていたから本当に突っ込むのかも知れないと思い、指示を出し直した。ティルトローターが回り始めるのが、わかる。風が巻き起こりその中央に俺がいる。だらしなく機体にしがみついている。

「離陸」

機械の声でキャットが告げる。機体が空へ舞い上がる。

俺は何にもしなくていい。いささか主義に反するが、ジェロームだって主義に反して俺に薬物をくれた。俺もそれなりの横紙破りをしたって構わないだろう。

誰かが勝手に運転してくれる、という光景は新鮮だった。

ずっと自分で飛んできた。キャットが飛べるようになっても、俺は操縦桿だけは譲らなかった。

新鮮な感じがするし、不思議でもあるし、不安でもある。

後ろに乗せてもらっているだけという光景は、エレベーターとさほど変わりはない。今は都合がいいが、じきに俺にも何かさせろ、役に立たせろ、使ってくれという気持ちになるだろう。有体に言ってヒマそのものだった。

キャットがタンデムでのアシストを始めた理由が、初めて理解できた。

乗せてもらいたいのではなく乗りたいのだ。能動的に飛び、そして積極的に死に近づきたい。近づいておいて離れてみたい。主体を保ちたい。乗せられているだけなど、地上から空を見上げて、ロデオドライバーを羽虫みたいだと表現しているのと何も変わらない。

空にいる分、なおさらタチが悪い。

が、残念ながら今の俺は荷物に徹しなければならない。下手な動きは運転手に迷惑をかける。今このマシンを飛ばしているのはキャットなのだ。邪魔をしたくない。

時折、意識が飛ぶ。居眠りをしたって構わない。勝手に飛んでくれる。

背徳感すらある。

やたらうまい飛び方をするのもわかる。危なげがない。単純にうまいが、それだけだ。味気がない。危なくなくて何がロデオドライバーだ。

人工太陽第三が見える。丘陵地帯か。

空をやる馬鹿たちの庭を飛ぶ。

「キャット。太陽に向かって飛べ。ぶつかる寸前ギリギリまで近づいて、反転しろ」

「危険です」

「だからやるんだよ、イカロスダイブだ。それが終わったら次は落下しろ。地表スレスレまで墜ちて反転しろ。スツーカアタックだ」

「安全性を保証しかねます」

「しなくていいよ馬鹿野郎」

これは相当、教育する余地がある。

教えないほうがいいという矛盾した気持ちもある。わざわざ安全装置を外して、オートジャイロを殺した人間が、自分の意志で行うべき行為ではないのか。それすら機械に手渡してしまったら、ロデオドライバーなぞ本当に無意味になる。

キャットは、パーソナルアシストは、おそらくそう命じられればそれをやる。イカロスダイブでもスツーカアタックでもきっと、決して間違わない。機体重量、加速、遠心力、重力引力見えない力その他諸々、すべてを数字にして計算して弾き出し、最適解を導き出す。

それは、ダメだ。賢しすぎて鼻につく。

俺たちは間違っている余地を常に孕んでいなければならない。危険を抱いていなければ、何をどうしようと所詮は命綱をつけてのパフォーマンスに過ぎない。命綱をつけての綱渡りには何の意味もない。

「……人工太陽第三への突入角最適化終了。加速開始」

無情な機械音声が伝えてくる。キャットの声にそっくりだ。キャットはそんなことは絶対に言わない。俺だって言いはしない。

ぐんぐんと人工太陽が迫ってくる。この距離で見なければ、この人工太陽が回転しマグヌス駆動を繰り返していると気づかない。空をやる者だけがそれを視認できる。光輝く地表が見える。

他人に、絶対に間違えないパーソナルアシストのAIにそれをさせる。それは形ばかりの危険行為で、危険なようで何も危険じゃない。これは、まずい。絶対に死なない見せかけだけの自傷行為は、俺の誇りを自ら殺めることと何も変わりはしない。

絶対にやってはいけないことをやろうとしている。させてしまっている。

「……やめろ」

声は出ているが掻き消される。届かない。

薬物で弛緩しきった体に鞭(むち)を入れ、腹の底から大声を出して振り絞る。

やめろと絶叫したら、停止した。人工太陽は手を伸ばせば触れるほどに近づいている。

ほっとした。これでよかった。大変な間違いを犯すところだった。

無機質な電子音が聞こえてくる。

「敵影捕捉。戦闘準備」

キャットがそう囁く。何を言っているのかわからない。

そりゃここは丘陵地帯でロデオドライバーの庭だ。敵影には事欠かないだろう。だがそんなやつらは無視して構わない。

「識別開始。終了。シボレー&フォード社製V8を搭載。メインシステムはマグヌス駆動。補助機関と見なされる可変推進装置により当方を総合性能で五割上回り格闘戦での勝利期待率は十パーセント未満」

「……んなもん、オーグルビーの他にいるのかよ」

「会敵(かいてき)」

億劫に俺は目を向けた。だらしなく機体にしがみつきながら視線を向ける。

スクエアタイプのゴーグル越しに、ラウンドタイプのゴーグルが目に見えた。

オーグルビー。

俺と同じ目線で空中静止している。

「やっと空に戻ってきたかァ、狂犬ヘイウッド」

「んー……その何というか。お前、誰だっけ？」

「舐めてンのか。それとももう死んでんのか。だったらもう一回殺してやる」

「……だとよ、キャット。どうする？」

耳に電子音がカタカタと響いてくるのが心地よい。

キャットの声が聞こえる。かなり近くなり懐かしく感じられる声が。

「応戦します」

「任せた。俺は寝る」

そして俺が不在の中で、オーグルビーとキャットの空中戦が勝手に開始された。

四

ガンガンと振り回され、しがみついているのが精一杯で、わかっているのはまだ俺が墜とされていないということだけだ。オーグルビーの仕掛けてくるドッグファイトをキャットが綺麗に捌いている。

何の衝撃も来ない。

つまり、器用に躱して立ち回っているだけで、こちらからは仕掛けていない。焦れてきて仕掛けろと言いたくなってきたが、黙っていた。俺がやる訳でないというのもあるが、このマシンを隅から隅まで把握し適切解を弾き出すキャットにやらせておけば、それを体験しておけば、この機体がどれほどの代物かが体感できる。

「どんな案配だ、キャット」

「離脱できません。発砲許可を」

こちらから仕掛けないのは俺の指示がないからというより、単純にマシンの絶対性能差だ。これが度胸試し目的のイカロスダイブなら何も問題なかろうに。必ず墜とすのが前提のドッグファイトではいくら計算を繰り返したって勝てはしない。

ルナアーマルコフレーム。せっかくの逸材が手に入ったというのにここで墜とされて死ぬか、死なないまでも数年は飛べない体にされてしまうか。

キャットはホワイトデュークを適切で器用に、当たり前の形で自動的に動かしている。

俺がマニュアルに切り替えて意表を衝いた動きをすれば、少しはオーグルビーを驚かせられるだろうが、勝ちに繋がる道筋はまったく見えてこない。

今ここでなければとも思うし、今ここでよかったとも思う。

まったく手出しできないからこそ、マシンそのものの限界値を報せてくれている。

これはマニュアル操作でちまちま試していたのでは把握できない。ただ相手が悪い。スパーリング相手として強すぎる。あのヴィスコンティが墜とされたという相手なのだ、オーグルビーの駆るネクストデイは。

「発砲許可を、マスターヘイウッド」

「まだだ。もっと頑張れ」

レールガンをぶち込むのは違う。それはドッグファイトじゃない。

ただの殺人だ。

どこからどこまでを線引きするかは俺の勝手な拘りだが、ともかく今はやりたくない。

人工太陽第三の周囲をもつれながら周回する。オーグルビーは俺を太陽にぶつけようと仕掛けてくる。この遊びには殺意が不可欠だが、これほど濃く強く殺意だけをぶつけてくる相手は珍しい。誰しも速度や技を、相手に歯噛みさせるように見せつけたいという欲求が少なからずあった。それがオーグルビーには一切無い。ロデオドライバーの新世代というべきか。

マグヌス駆動による動きは確かにトリッキーに過ぎた。このアンバランスな新ホワイトデュークじゃ対応しきれない。縦横無尽に上から下から横からおかしなプレッシャーを仕掛けて来る。根が生真面目なヴィスコンティが捌ききれなかったのもわかる。

俺とキャットが揃っていたラフィンノームもこういうことができた。あの旧式のマシンでそれが可能だったのは、後部座席に有能なサポート役がいたからだ。今やすべてをパーソナルアシストに丸投げしているのだから、躱すのに徹するぐらいが精一杯だろう。

オーグルビーが仕掛けを止めて併走してくる。

「……なァんか、やりにくいなお前。何で仕掛けてこねえ。死ぬ気もねェのに空に出たのか、ヘイウッド」

そう煽られると困る。確かに死ぬ気はなかった。ヴィスコンティに報せに行きたかっただけだ。エレベーターでも使えばよかった。バスでも電車でも使えばよかったのだ。それなのに俺は今、いつ死んでも殺されてもいいという空にいる。

ヴィスコンティはあの性格だから、空でどれだけ猛々しくても、地上に降りれば喧嘩に負けるし、全然関係ない屑拾いで一緒になればそれなりに仲良く話ができる。

オーグルビーは違う。たぶん、地上でも仲良くはできない。空で絡み合って殺し合っている今この状態こそが、俺とオーグルビーが一番「仲良く」している瞬間なのだろう。互いの殺意を躱し続ける友情だ。だから我が儘は俺のほうだ。

互いに明後日の方向へ一方的な執念を抱き続けるストーカー同士が恋愛をしたらこんな感じになるのだろう。がちりとかみ合っていながら、傍から見れば薄気味悪いこと、この上ないという関係。

残念だが、俺は今、オーグルビーにそれほど執念を燃やしていない。

「……垂直降下しろ、キャット。全速力でだ」

スツーカアタックに切り替える。このままじゃ逃げられない。逃げる。

以前の俺なら選択しない。単にこんな状態のまま死ぬのは不本意だというだけだ。血流がおかしくなるほど唐突に、猛加速のスツーカアタックが開始される。オーグルビーの意表は衝いた。

俺が先を行く。だがスツーカアタックはどっちが速いかという勝負ではない。たとえ先んじられても、より速くより近く大地を目指せたほうが勝ちだ。その鬩ぎ合いの中でプレッシャーをかけ続け、タイミングを見誤らせ、激突させる。オーグルビーはスツーカアタックでのやり合いに無類の自信があると見た。マグヌス駆動は速度こそ出ないが姿勢制御に関しては飛び抜けている。

猛烈な勢いで降下してきてあっという間に横に並ぶ。

見せつけるように鼻先を突き出す。度胸試し。スツーカアタックの本質。俺にこのホワイトデュークをマニュアル操作させていたら、乗っていただろう。どちらかの死、キャットが言うことを信用するなら九割の確率で俺が死ぬという決着。それはそれで本懐だ。

ここにいる中でまともなのはキャットだけだ。だから真っ当なブレーキをかける。安全マージンをギリギリで確保する。驚いたのはオーグルビーのほうだ。機体重量は一回り小さい俺に分があある。立て直すにしてももっと先でやれるというのに、今だ。

動揺しているのがわかる。

その動揺がもう少し続けば、俺はオーグルビーを自滅させられる。が、そこはさすがのネクストデイ。マグヌス駆動による空中静止は、俺たちの想定より遥かに優秀だった。

俺は遥か頭上で空中停止している。

スツーカアタックで俺は負けた。だが勝つ気もなかった。

単純に今、この時点でオーグルビーに絡まれたくなかっただけだ。ルナアーマルコフレームが仕上がって来たら、いくらでも相手をしてやれる。

「……じゃあまたな、オーグルビー」

「待てこの野郎ォ、舐めてんのか、ビビってんのかァ?」

「どっちでもねえ。強いて言えば、眠い。ヤル気がねえ」

怒りを丸出しにしてオーグルビーが急上昇してくるがもう遅い。充分なリーチはすでに確保している。軽く小柄な機体に昴型を乗せたホワイトデュークに、一直線に飛ばれたらネクストデイは到底追いつけない。

「撃墜可能。ロックオン指示お願いします」

こいつはこいつで殺す気でいる。音を立てて、レールガンが旋回して銃口をオーグルビーに向け始めている。

「……そういう気分じゃない」

「気分ですか。当方の計算ではまだ追ってきます。追撃を提案いたします」

確かに鬼のような猛追を見せている。追いつけないだろうが、背筋は寒いし落ち着かない。いっそ撃ち墜とせというキャットの判断は正しい。が、気分じゃない。この優位な体勢は全部キャットが文字通り機械的に作り上げた状況で、俺が自分で判断して動いた結果じゃない。それが何やら腹立たしい。

腰に手を伸ばしてボタンを外す。シースナイフを左手に鞘ごと握り、適当に放り投げる。

俺を猛追していたオーグルビーの勢いが緩んだ。宙をくるくると回りながら墜ちていくシースナイフを追って逸れていく。弾丸を叩き込むよりよっぽど効果的だった。

「よろしいのですか？」

「よろしいよ。このまま飛べ。キャットならそう言うね」

「私はそう言うべきですか？」

こいつはキャットそっくりの声で喋るだけの機械に過ぎない。俺がうっかりキャットの名前を口走ったからそういう個体名を名乗っているだけで、俺の知っている、俺の後ろにいたキャットではあり得ない。

飛びながら、薬物で虚ろになった思考の中で考える。

このホワイトデュークでも、九割以上の敗率すら覆してやれる。相手がオーグルビーの駆るネクストデイなら。だがブラックスターが相手なら、逆立ちしたって敵わない。それが歯痒くて仕方ない。

何だかひどく疲れた。薬物で弛緩した体を無理に動かしたからだろう。

機体にしがみついて脱力する。荷物になりきる。キャットに負担をかけないように。

「……マスターヘイウッド。私には何か足りてませんか？」

「いや。いいアシストしてくれてるよ。タンデムパートナーとしちゃこの上ない」

「しかし何かご不満な様子なのが気になります」

「不満なんぞねえよ、人間みてえな気配りしてねえでさっさと病院に向かえ」

人間ではない。強いて言えば、そのぐらいか。俺の不満は。

こいつはキャットを超えるアシスト能力を持つ。俺がタンデムの後ろを担当してしまったほうが効率がいいほどに。

そのコストパフォーマンスのよさが気に入らない。

それも難癖に過ぎない。

癪だった。結局、それだけの話だ。そしてそれがアホみたいな子供の言い分なのもわかっていたから、口には出さない。

病院が見えてきた。日は陰っている。人工太陽が一斉に「夕暮れ」を演出している。

駐車場に、上からホワイトデュークで着地する。幸い、人もいなかったから迷惑がられることもなかった。

まだ足下がフワフワする。が、さっきのオーグルビーとのやり取りでだいぶ、薬は抜けた。

ふらつく足取りで地を歩く。俺が離れれば、キャットは俺がその名をもう一度呼ぶまで一切の動作をしなくなる。キーを回す必要がないし、盗まれるということもない。

ヴィスコンティの病室を訪ねる。

ヴィスコンティはカタログを見ていた。俺を見ると自慢げな表情を右半分だけで浮かべる。俺だって全面に自慢げな表情をして見せる。

「見つけたぜ、ヘイウッド」

「こっちも見つけた」

「どっちから手札出すよ？」

こういうのは自信があるほうが先に晒す。先にインパクトを与えてどうだと勝ち誇りたくなる。なので俺から手札を晒す。

「……ルナアーマルコフレームを確保した」

互いに息を呑む。ほぼ勝ったも同然という手札を晒されて、ヴィスコンティはまだ、敗者の顔は浮かべていない。ルナアーマルコフレームの名前には驚愕していたが、むしろ安心したとでも言いたげな表情。

「……まさかお前が手引きして……」

「いや、初耳だ。つか、安心したよ。どうしたモンかと思ってたからな」

「いい加減、お前の手札晒せ。もったいぶるだけのことァあんだろうな」

「宙域戦闘機を丸ごと一機、鹵獲した」

言葉を失ったのは俺のほうだった。比較するレベルが違う。ルナアーマルコフレームは所詮「ホバーバイクのフレーム」に過ぎない。閉鎖空間で飛んだり跳ねたり回ったりという程度の物と、本気で宇宙空間で戦うことを念頭に置かれた戦闘機では、話がまるで違ってくる。

ジャクリーンがブラックスターをホバーバイクに換装するのを嫌がった理由もそれで、所詮ホバーバイクなど冷静に判断すれば子供の遊びに過ぎない。

「……もちろん、火気の類は取り外されてるし機体の損傷もそこそこあるけど、まあ直せば飛べるレベルだ。ただささすがにオーバースペック過ぎる。こんなコロニー、あっちゅう間に突き抜けちまうよ」

「そこは調整次第か。エンジンは無事なのか」

「そりゃあ確認済みだ。上から下までシームレスに回る可変三六気筒。ジェットとターボとスーパーチャージャーのいいとこ取りで、全開にしたらゼロセンでマッハ6だとよ。メイドインジャパンの『誉型』だ。昴型のひ孫みたいなモンだな」

いきなりとんでもない物が軒並み揃ってしまった。

国士無双十三面待ちみたいな状態だとでも思って欲しい。無敵だ。

あとはどれをどう切り貼りするかだ。偵察機でギリギリあの程度と考えると、換装するにしたってリミッターをかける方向でやらなきゃならない。

「……機体は明日にでもアンクルアーサーのところに運ばせるさ。ところで俺の名義でいいんだよな？」

ここまでのモンスターマシンとなると、もう俺の手には負えないかも知れない。かといってヴィスコンティなら操れるかといったら、そうも言い切れない。

さっきのやり取りで、ホワイトデュークをもう少しいじれば、ネクストデイとは何とかなりそうだった。性能差は歴然としていたが、キャットがぎりぎりまで動かしてくれたお陰で、どう変えていけばいいか朧気ながらに摑めるものはある。その宙域戦闘機からも何か細かなパーツや技術を引っ張って来られるかも知れない。

自分一人で試すイカロスダイブやスツーカアタックにしたって、加速が速すぎて一瞬で終わってしまう。下降した次の瞬間には回避。あの推し量る緊張感は味わえるだろうか。

計算外もいいところだ。恵まれすぎていて、逆に運用に困る。

「……外にホワイトデューク直したマシン、停めてあるぜ」

「モニタで見たよ。ドッグファイト特化か。正面からネクストデイとやり合うには弱いだろ」

「ま、足代わりの心算だったんだが、案外イケた」

「やり合ったのかよ」

「やったのは俺じゃねえが、全部捌いて逃げ切ったって感じか。攻め手に欠ける。仕掛けの余裕がほぼゼロだ。……まあ、工夫はしてみる」

もう少しだけ出力と車格を上げる。そんなところか。微調整程度の問題になる。

宙域戦闘機に使える駆動能力が備わっていて流用できればさらに差は埋まる。

結果、肝心の誉型エンジンとルナアーマルコフレームが余るという本末転倒ぶり。

「……つかどんな状態なんだそれ。撃墜されたのか」

「いや、何かのトラブルでパイロットが死んでよ。フワフワ浮遊してるうちにいろんなモンに当たったたって感じらしい」

なら、それほど使えないという状態ではないかも知れない。外装やフレームは見る影もなく歪んでいるだろうが、ホバーバイクに転用するのは主に中身だ。

さて早速帰ろうと思い立ち上がろうとして、転倒した。

あまりの話に脳が薬効を上回っただけに過ぎない。まだ全身の制御がままならない。

「ドッグファイトで怪我でもしたか？」

「いやジェロームに貰った薬が……」

「そんなもん入れて空やるんじゃねえよ。よくここまで飛んで来られたな、途中でオーグルビー振り切ってまで」

「……だから俺が運転した訳じゃねえ、キャットだ」

そこまで言って説明が足りなかったことに気づいた。ヴィスコンティが俺を完全に頭のいかれた奴を見る目になっている。パーソナルアシストのことを言ったらどう反応するだろう。空は手動でやる遊びだというだろうか。

あれは仮に俺が正気で手足がまともに動いていても、アシストどころかメインでハンドルを握る。効率を考えればそうだ。だが俺たちは決して効率を求めない。求めてはならない。空で憂鬱になるのは御免だ。

「……屑拾いの時に拾ったんだ、照準機を。俺はただの照準機だと思ってたら、結構最近の代物だったみたいでな。パイロットの話し相手になってくれるとか言うから、それだけかと思ったら機体全体の統括までやってくれる」

「なんだそりゃ。完全に自動操縦のエレベーターじゃねえか」

「ところが、エレベーターと違って無茶もやる。機体の性能を完璧に計算して弾き出して、俺らが勘と経験でやってるとこを間違いなく計算してから引く無茶だ」

「……そりゃ無茶って言わないんじゃねえのか」

「俺も納得してないが、お陰でオーグルビーに墜とされずに済んだ。俺が万全の体調だったとしたって、何せ本気で飛ぶのは初めてで、いきなり相手はオーグルビーだ。馴らし運転には厳しすぎる」

俺たちは何度か乗れば新車でも大体は摑む。それは今まで乗ってきた経験からのフィードバックとして数百回数千回乗ってようやく「わかる」のだが、それすら絶対じゃない。だがキャットは、あのパーソナルアシスト機能は接続された瞬間からすべてのマシンのベテランであり、限界がどこにあるかも把握している。

「……ま、テストパイロットにゃ最適か、いいとこだけ言えば。俺にあのホワイトデュークを返す時は、お前のマシンに乗せ替えておけよ」

「ホワイトデュークって、あれでいいのか？」

「格闘戦特化ってのも愉しそうだ。もう一遍似たようなマシンに乗るのも何だしな。それに気に入らなきゃ自分で変えるさ。あのぐらいの世代のマシンが、俺には似合いだ。ルナアーマルコフレームだの誉型だの、手に負える気がしねえ」

「んなもん俺だってそうだ」

「そのためのパーソナルなんとかじゃねえのか」

確かにキャットならどんなモンスターマシンでも把握してしまうだろう。ホワイトデュークを任せたのは手抜きも同然だったが、俺たちにはわからない最新技術を応用するなら役に立つ。

それならジャクリーンでもいいのだが、あの姐御はあまり俺たちの意志や望みを理解していないから、ただ無難に乗れるようにしかしてくれないと思う。

「宙域戦闘機なんてのが都合よく漂ってくる理由がわかるか、ヘイウッド？」

「お前が言ってた例の戦争ってやつ？」

「その戦場が近くまで来てるんだろうな。親父に訊いても煮え切らねえ返事しか返ってこねえ。このコロニーがどういうポジションになるのか、そもそも無視して通り過ぎちまうのか、ついでにぶっ壊していくのかどうかさえな」

「そんな感じ全然しねえんだよな」

「ユニオンの上の連中はそれなりに大忙しで各軍と連絡取ってるし、俺は病室に横になってるだけだしで、あんま探れないってのもある」

「……誰もそんなの話してねえんだよな、世の中」

「別に情報統制してる感じでもなかったぞ。積極的に危険ですって警告も流してねえだろうけど。何せ危険なのかどうかも曖昧だし」

戦争に巻き込まれそうらしい、程度ではみんな動揺しない。俺だってそうだ。みんなどこかでなったらなったでいいんじゃねえのと思っている気がする。

何か予想もし得ない唐突な出来事がやって来るという期待。

びっくり箱の中身が梱包爆弾だったとしても爆笑するという狂気。

ここの人間は今まさに、このコロニー目掛けて墜ちてくる無数の隕石にすら熱狂したのだ。アンクルアーサーの言う通り、ここには生まれつき酩酊病を患っている人間ばかりだった。

そんな益体もない話を夜明け頃までした。俺の手足の感覚もすっかり戻ってきている。

今度こそきちんと病院を出る。人工太陽が薄い光で朝を演出してくれている。ホワイトデュークが夜露に濡れていた。

「……キャット」

呼びかけると起動する。跨ってエンジンを始動させる。ティルトローターが暖機運転を開始する。

「俺が空にいる間、何もするな」

「何もしなければ飛べません」

「俺が手動でやる。その程度だ。絶対に何も手助けするな」

「マニュアルモードに入ります」

エンジンが暖まり始める。このタイミングも肌でわかる。勝手に飛ばされて堪るものか。たとえそれが適切極まりないタイミングであったとしたってだ。それでもやはりマシン内部の細かいバランス調整をキャットはお節介にも勝手にやってしまうのだろう。それはもうメンテナンスの手間が省けると割り切ることにした。

「キャット」

「はい」

「お前も少し歪んだらいい」

「エラーを起こせと?」

「……意図的にやっちまったら自殺と変わらないか、それも」

いい考えだと思ったんだが、やめた。キャットも会話を繰り返していくうちに、俺に都合よく染まってくれるかも知れない。AI相手に虫のいい話だとは思うが。大体、キャットはそういう女ではなかったのだが、その都合のいい恋人像をAI相手に無造作に押しつけてしまっているのは何となく感じてしまうし苦笑しか出てこない。

何だかんだ言ったって、どんなに理想と嘯いたって、ここは不満だったと終わってみてから愚痴を言うのは仕方のないことだと見逃して欲しい。

ホワイトデュークが空に舞い上がる。空中静止の試し乗りではなく、ごく普通の空。

攻める気はなかった。朝早くとあって、ロデオドライバーも見あたらない。突撃風防に上半身を飲み込ませるような前傾姿勢で、俺はスロットルを開けていく。ローターの水平飛行で人工太陽第一から、第二へ。一回だけ人工太陽をぐるりと周回し、抜けたところで可変噴射を併用させる。

このあたりを自覚的にやるのは初めてだったが、思った通りに機体が動く。第三まではすぐ着いた。ここでさらに加速させ、ローターの推進力を可変噴射で操舵する。ここをきっちりやれないと可変噴射の意味がない。機体が尻を滑らせながら、さっきより遥かに速い速度で第三を抜けていく。そして蛇行させる。ハンドルワークではなく可変噴射での操舵。やれている。キャットにやらせたように、俺もやれている。

それを確認しないと安心できなかった。

キャットに上を行かれたのでは、俺の立つ瀬がない。人工太陽第四まで、特に他の機体も見あたらない。競ってみたかったが、それには少しばかり疲れすぎていた。

アンクルアーサーのジャンクヤードが眼下に迫る。噴射を切ってローターのみにする。垂直降下。スツーカアタックをジャンクヤードの庭に仕掛ける。適切だと思えるタイミングから舵を切るのが少し遅れたのは、キャットに俺の意地を見せて張り合いたかったからに過ぎない。お陰で軌道を切り替えた先でジャンクヤードの壁に機体を擦った。

それも含めてわかっていた。

俺には数字は出せないし根拠も示せないが、正解だけは知っている。

いつか間違った答えを正解だと信じてしまえば、それが死だ。

擦ったジャンクヤードの壁には厚手の布がかけられている。旋回して上昇すると、巻き起こった風がその布をめくり上げていた。空中に静止しながら、ゴーグル越しにそれを見て、その場に空中静止した。

宙域戦闘機の残骸。

カタログでしか知らないそれが、全体をべこべこに変形させてそこに鎮座していた。

五

　三六気筒の誉型を三日がかりで取り外し、動作チェックはジャクリーンに頼んだ。その間にルナアーマルコフレームを整備する。見ただけでどんなモンスターエンジンを積もうとトルクに譲らない剛性が伝わってくる。どんな駆動系にも対応する汎用性の高さ。やや曇りはあったが錆は一切ない。手入れをしなくてもいいほど表面は美しいままだった。

　問題は、ルナアーマルコフレームも誉型も宇宙空間でのハイスピードレースや軍事作戦用に使われる物だということだ。狭い檻の中で浮かび上がろうとすれば、すぐ檻にぶつかって墜ちてしまう。この組み合わせにとっては、このバカでかいコロニーですら狭すぎる。

「……エンジンのほうは問題なさそうっすか」

「特に問題はない。私のブラックスターと交換したいくらいだ」

「……ブラックスターは誉型？」

「低速に振ってある別タイプだが基本的には同じだ。ただこっちのほうが年式がいい」

「……ブラックスターの駆動方式なら、誉型でもこのコロニーを問題なく飛べるっちゅうことっすね」

「そうだな。偵察機を拾ってくれればよかったのに」

「それはまあ、そうすけど」

ジャクリーンと同じブラックスターでもよかったが、もっと本気で戦えてしまう戦闘機が網に引っかかった。巨大な涙滴型の機体で、細いほうが前なのかと思ったら、基本的に推進方向は太いほうらしいのが宇宙スゲえって感じがする。空気がないからってだけだが。

詳しい方法は知らないが、宇宙を飛ぶ分にはほとんど燃料補給の必要がないとのこと。

本来なら機体をベルトのように取り巻いて機銃が数機設置されているらしい。それはさすがに取り外されていた。機銃の台座となる車体を取り巻く輪は派手に破壊され、巨大な涙滴のど真ん中に大穴が穿たれている。

その向こうにある中央コクピットは単座で、中身はぐちゃぐちゃに砕かれていた。

「……撃ち墜とされたんじゃないな」

「なんでまた」

「溶けてないし焦げてない。ありゃブリテンの宙域軍機だ。やり合う相手となると、主にレーザーを使うタイプが多い。有効射程が短いから私は好きじゃないんだが。かといって弾頭にしちゃいささか派手だし、ここまで派手なら必ず焦げるか溶けるかする」

「じゃ他には？」

「一番考えられるのは、君の言う話通りに、事故だ。たまたま何の偶然か下手を打ったかで、隕石に偶然ぶつかったってパターンだが、それにしちゃコクピットを的確に狙いすぎてる。……君らのやっているような『ドッグファイト』で墜とされたんだ」

「宇宙でも、んなことやるんすか」

「やるよ。特に私みたいな哨戒機が。ステルスフィールドでも使ってうまく近づければ、体当たりで物理的に刺せるしそれ専用の『槍』もある」

　原始的な話だ。

　ジャクリーンは考え込んでいる。

「……米軍の特殊部隊がよく使う手なんだが、何故、米軍がブリテン機を？」

「いや、やり方なんざそう変わらないでしょう。姐御のブラックスターでもやれるんじゃねえんですか？、あのトゲトゲで」

「私のブラックスターのトゲトゲは推進装置も兼ねているし武器として使うという発想はないし、使ったからといってあの抉られ方はなあ……いや、それはいい。要するにあれは完全に交戦状態後の機体で、最新型だ。さっきエンジンの製造番号を見たが、工場から出荷されて、かなり若い。……それが何だってこんなコロニーに流れ着く？」

「……姐御、知らねんすか。ニュースとか見ない人すか？」

　あまり俺の口から聞かせたくなかったが仕方ない。

　それに放っておいてもそのうち耳に入る。

「……何か戦線が拡大して、このコロニーが巻き込まれるだとか何だとか」

「そのわりにはのどかだな。攻撃される可能性は考えないのか？　そうでなくとも占領されたり。アメリカ領でも安心できんぞ」

「……そのアメリカが参戦したとか、何とか」

「ちょっと待て、それは聞いてない」

ジャクリーンが難しい顔になる。何を考えているのかは、俺みたいな生粋(きっすい)のコロニー民には理解できない。理解できないと言えば、アンクルアーサーと最近、顔を合わせていない。

ジャクリーンがこの件について何か話し合うなら、相手はアンクルアーサーだろう。千歳の癖に俺達の中で一番まともで、ジャクリーンの話が通じると思われる存在だ。

「……ちと話をしたいんだがアンクルアーサーは？」

ジャクリーンもわかっているのか即座にそう訊いてきた。

「最近、ユニオンによく呼ばれてるみてえで、あんまり会わねえっすね」

「ユニオンにいるなら都合がいい、ちょっと出かけてくる」

急ぎ足でブラックスターに向かうジャクリーンの背中を見ていて、不意にかねてから思っていた疑問を口走る。

「……姐御、戦争来たらまた逃げるんですか」

つい、また、などと煽ってしまった。

キャットを殺してここに墜ちてきた癖に、という気持ちが知らず迸(ほとばし)っている。かつて殺意を込めて放った思いだ。今だって俺は、落ち着いて自分に言い訳ができているだけで、本質的にその殺意は消えていない。

だから殴られても仕方ない、と思っていた。

「……さあな。まだわからん。私は別に軍人としてここにいる訳じゃないからな。ただのジャンクヤードに雇われている事務兼整備士に過ぎん。逃げて来たのは軍人には、敵を斃す義務があるからだ。それが嫌だっただけだ」

だったら、軍人になどならなければいいのに、とはさすがに俺も言わなかった。ジャクリーンの国では生まれた時から果たすべき仕事が決められていて、それに向いていると判断されてしまったからだ。それがわかっていても、俺の中に湧く殺意ばかりはどうこうできる代物じゃない。

「ヘイウッド君、もしここが戦場になったり、コロニー自体が爆破されるとなったら、ブラックスターに乗るか？」

「……わかんねえっすよ、そりゃ。俺なんかよりアンクルアーサーでも乗せていったほうがいいんでねえすか。千年も生きてんだから、貴重でしょうし」

「まだ乗れる。お前の友達や家族なんかも。でもそんな数くらいしか乗せられん」

貴重な救命ポッドへのチケット。俺やヴィスコンティ、ジェローム、その恋人や家族。実は俺は、あいつらの色恋沙汰にあまり詳しくない。ヴィスコンティはまだベッドにいる。

その時が来たらみんなどうなってるかわからないが、何となく、慌てて乗ろうとする奴はいないような気がするのだ。

死にたい訳ではない。ただみんな憂鬱なだけで、それを晴らすことだけを望んでいる。戦渦に巻き込まれて死ぬ。その悲劇をこのコロニーの人間は、多かれ少なかれ喜劇として受け止めてしまう癖がある。

そう思う。

だから言葉を濁すようにアンクルアーサーの名前を出した。ジャクリーンもここで暮らして、それは薄々察しているかと思っていた。

「……まあ明日来るというんでもなかろうしな」

「いつかは来るんすかね」

「それを確かめに行く」

ジャクリーンはブラックスターに乗り込んでいく。数本の円錐が旋回し浮上する。黒い球のようになって飛んでいく姿をぼんやりと見送ってしまう。

ホワイトデュークの改善。新型モンスターマシンの組み上げ。

やることはある。飛ぶ準備がある。

なのにやがて来るという大変化につい気が向かってしまう。わざわざ空など飛ばなくても、無駄に命を散らさなくても、勝手にそれはやってくる。来ないかもしれないし今はまだ何とも言えないのはわかっているが、やや、「来い」と思っている自分がいる。

頭を振って考えを振り払う。何となくそれは浮気に近い気がした。

戦闘機から取り出した可変噴射装置は、今ホワイトデュークに使っている物とは比べものにならないほど繊細かつ強力だった。まずはそれを組み替え、それを支えるためにどれほどフレームの補強が必要かなどを考えていく。

宇宙空間を飛ぶ上では燃料をほとんど必要としないそうだが、大気中を飛ぶ時のためのエアダクトなども外しておく。メインの誉型は何とか持ち上げられるが、作業員は俺しかいないのだからクレーンを使う。

大出力コイル。これはホワイトデュークに使える。

コクピット内はほぼ破壊されていた。ホワイトデュークに載せてあるキャットと同じ型番のパーソナルアシストがひん曲がって残されていた。こいつも何か名前がついていて、会話していたんだろうか。

想像しても仕方ない。

ドッグファイトで槍のような武器を使うこともある、とジャクリーンは言っていた。ホワイトデュークに搭載された、形だけの威嚇兵器であるレールガンはそれに使えないだろうか。銃身に加工を施せば行ける気がする。

戦闘用データの入ったシリコンディスク。迷った末に、キャットに読み込ませた。基本的に、無重力下での戦闘が多いだろうから、コロニー内の空に転用できるかアテにならないが。

基本的には、ホワイトデュークの改良自体は仕上がった。外装も軒並みすげ替えて、また白く塗る。たまにその作業をしながら、誉型を抱いたルナアーマルコフレームに目を向ける。

あれをどうしたらいいだろう。一旦バラして誉型を、仮でいいからホワイトデュークに搭載してもいいのだが、あの組み合わせは崩すのが惜しくなる。もっと違う形にできるはずだ。

制作開始から一カ月、ジャクリーンの姿さえ滅多に見なくなって、ジャンクヤードには俺一人。たまに試運転を兼ねてホワイトデュークで、ヴィスコンティの見舞いに行きジェロームの薬物を貰う。

三人で病室にいたこともある。ヴィスコンティが暇すぎて、ジェロームの薬物に手を出し始めたらしい。

三人で煙草を吸っていた。この前より効きが弱い。

ヴィスコンティに合わせた調合という気がした。ジェロームはもごもごと訳の分からん言葉を空間相手に話しかけていたから、放っておいてヴィスコンティと話す。

「……戦争どうなってんだ」

「知らん。……元々廃棄指定されてるゴミみてえなコロニーだしな。それでもアメリカ様の領空なんだから一応、何かあったら助けに来る、ような、気がする」

「あれかね、『屈折する星屑』みてえに」

「今度は相手が石じゃねえからどうなるかわかんねえけどな」

「アメリカ政府も何考えてんだか」

「だから親父が駆け回ってんだよ」

「……というかジャンクヤードなんだけど、社長も姐御も、しばらく見てねえんだよな。ユニオンに通い詰めらしいけど、お前なんか知ってる？」

「知らないけど、生き字引みてえな爺様と亡命してきた大佐殿だ。何かしら訊くことはあるから呼んでるんじゃねえの」

　そこでいきなり、一番酔ってるジェロームが根本的な問いで割り込んでくる。

「ユニオンってここどうしたいの？　このコロニーを」

　アンクルアーサーが以前から俺に考えろと言っていたのと似たような問いかけだった。

実際問題、ユニオンなんてのは家系が継ぐもので、何らかの能力があっても外から中には入れない。ヴィスコンティやオーグルビーはこれだけバカを晒していてもそのうち、勝手に家を継ぐか養われ続ける。

　ま、どうでもいいと言えばどうでもいい。不思議だが気にするまでもない。

今まではそう思っていた。だが戦争に巻き込まれると予測されてからの慌ただしさと言ったらどうだ。身内のヴィスコンティですら理解が追いつかないほど右往左往している。何でも身内でやってきたユニオンがアンクルアーサーやジャクリーンを頻繁に呼び出すのも訳がわからない。

ユニオンは家系の集合体だから、それぞれの利益でも争ってるのだろうか。この、何にもない、しょぼくれた廃棄指定済みコロニーで奪い合うほどの利権なんかあるとは思えなかった。

貧富の差はあるが、わずかだ。最底辺の貧者でもそれなりに満足して暮らしていけて、最上辺の富める者とて、ヴィスコンティが言うには、業務に忙殺されることを考えたらそれほど贅沢はしていないそうだ。

俺は珍しく考える。

利権だの銭だので揉めているとは思えない。

このコロニーの行く末という話。そういうスケールのデカい揉め事。

ヴィスコンティが咥えた煙草がくゆらせる紫煙。

俺の口からも同じものが立ち上っている。この前より到底弱い、ヴィスコンティに合わせた調合。何か思いついたような気がして、それは薬効に掻き消され、像を結ばないままに雲散霧消する。

思い出そうとしてそのまま寝てしまう。三人揃って酔い潰れる。

翌朝には忘れていた。何かを気にしていたような気がするが別にどうでもいい。

「……新ホワイトデュークはどうよ、ヘイウッド」

「イカロスダイブでもスツーカアタックでも、負ける気がしない」

「全局面タイプか」

「誰とでも踊れる。そして誰よりも速く飛べる」

ヴィスコンティの乗っていたホワイトデュークの欠点を、やや強引に過剰なパーツで誤魔化しているものの、本気でそう口にした。オーグルビーと絡み合う機会はなかったが、キャットが模擬戦闘モードという機能を備えていた。

以前、やり合った時のデータを元に架空のオーグルビーを空中に投影して動きを再現してくれるのだ。これはかなり助かる。イカロスダイブもスツーカアタックも自分一人でいくらでも鍛錬できるが、ドッグファイトは相手が欲しい。

たまに、やられる。墜とされるのがわかる。

オーグルビーを単純に十とする。

俺はキャットが言うには、二十マイナス十二プラス二、みたいに単純に「マイナス十」と断言できない不安定な状態になっている。強引に合わせてしまう分、そうなる。そのいびつな形が生死を分ける。

オーグルビーは本当に厄介な玉乗りピエロなのだ。

初手からただ墜とすためだけに絡んでくる。損得抜きで悪名も厭わず唐突に喧嘩を売ってくる様は空の狂犬と呼ぶに相応しい。

オーグルビーの気持ちがいささかなりともわかってしまう。何のためにそんなことをしているのか。誰も褒めてくれはしないのに何故やるのか。

やりたいからだ。やらずにはいられないからだ。

派手やかな技を競い合うイカロスダイブやスツーカアタックでは我慢ならない。損をしようが罵られ嘲笑われようが、他人など関係ない。問題は自分一人が納得し楽しんで、ハイに入れるかどうかというただそれだけだ。

銭を積んででもそれを成し遂げたい。

この生きている現状が、きっと俺たちは我慢ならない。それでいいのかと他人に当たり散らしたくなる。そして他人が答えるより先に叩き壊して心中する。心中の末に自分だけ生き残る。相手に後悔をさせるためだけに喧嘩を吹っかけて回る疫病神、その座がとても心地よい。

何もかも、世の中は他人が決める。他人が評価する。それに従う。

得をしようとしなければ、こちらが死のうと相手が損をしさえすればいいとだけ考えることでその価値観を無視できる。

その気持ちは痛いほどわかる。この憂鬱な世界に放たれた厄介な毒虫。

それが俺とオーグルビーだ。

だから虫けら同士でケリをつけなくてはならない。

「……外にいるぜ、あの野郎」

「待たせておきゃいいさ。まずは腹拵えだ」

窓の外に空中静止しているオーグルビー。ラウンドタイプのゴーグル。

せいぜい焦らしてやろうと思ったが、病院の食堂にも寄らず売店でカロリー食だけを買って口に放り込んだ。ただ動き続けるための熱量を補給する味気のないスティックバー。

そして水を一リットル。充分だ。

薬も抜けて腹も満ちた。

病院の外に出る。

俺と同じ生き物が、地上三メートルほどの空中を、たいして風も発生させずふわふわと漂っている。風やジェット噴射で強引に揚力を発生させるのではなく、自身の回転によって空を飛び宙を舞う。

マグヌス駆動を駆使するネクストデイ、そこに座する道化の名前がオーグルビー。

睨み合う。

笑いたくなるほどのパンクロックの具現化みたいな奴だ。しかもなかなか出来がいい。

上出来だ。

この後輩に俺のグラムロックも聴かせてやろう。

オーグルビーが急上昇する。俺はホワイトデュークに飛び乗ってキャットの名を呼んだ。

マシンが起動する音と震えが走る。昴型が暖まるのを待っていられない。

「キャット、絶対に手を出すなよ、絶対にだ。今度こそ俺が仕留める」

「墜とすのですか」

「俺の手で墜とす。愉しみはただそれだけだ」

久しぶりに耳の奥で何かのスイッチが入った音がする。ローターの回転がホワイトデュークを押し上げる。俺が風を巻き起こし、その風にオーグルビーが乗る。

競い合うというより、誘い合う。

ドッグファイトの妙味がそこだ。

「……お前もわかってるよな、オーグルビー」

垂直に急上昇する。風を巻き引きずりながら空の光景を足下に投げつける。

人工太陽第一の間近でオーグルビーは待っていた。

示し合わせた訳でもなく俺たちは同時に人工太陽の左右にそれぞれ飛んだ。ドッグファイトは基本的に自由な遭遇戦だ。相手より速くある必要も、遅いことを悔やむ必要もない。何なら静止して止まったままだっていい。

ドッグファイトは空の決闘そのものだ。

相手を墜とせばそれでいい。自分が気持ちよく納得するのなら何をやったっていい。

俺は左から人工太陽を回り込み、オーグルビーは右へ。人工太陽を挟んで互いの姿が見えなくなる。まずは誘い合い探り合いの第一手。考えている時間はさほどない。

キャット。

こういう時は必ず背後から周囲を見回しマシンの状態を管理してくれていた女。

今は同じ名前の照準機が俺の眼前に据えられている。

人工太陽が視界を埋める、完全なブラインドコーナー。単純に互いに同じように旋回すればここですれ違うかぶつかり合う。小細工をするならコースを変えて背後を取るよう回り込む。上でも下でもどっちだっていいが、とにかく背後。基本中の基本。

「敵影、正面頭上」

キャットの声。

ヒマだろうから実況くらいは許してやる。絶対性能では一枚劣るマグヌス駆動で正面突破とはさすがの度胸。

無駄に命を賭ければ勝てる訳でもない。そこで生きるのがマグヌス駆動だ。

直感で一発目は躱せても二度三度四度と、本来ならあり得ない角度とタイミングで攻め立ててくる。これをやられたらまず一溜(ひとた)まりもない。が、ヴィスコンティは真っ当なまますべての奇襲を受けきった。

本人曰く何をしたのか記憶にない。

そのまま人工太陽第二へと向かってストレートに入り込む。ここではオーグルビーは仕掛けてこない。だがどれだけ速度を上げても一定の距離で着いてくる。ヒモで引っ張ってしまっているような違和感がやがて恐怖となる。

これもまたマグヌス駆動。巻き起こる対流に自身を乗せる。先行する相手が速度を出せば出すほど激しい対流が巻き起こり、それがオーグルビー自身が前へと進む動力源と化してしまう。

重圧と感じる時点でもうダメだ。引っ張っても引っ張ってもまだ追いすがるオーグルビーに俺は愉悦しか感じない。向こうもさぞかし楽しいことだろう。

今この瞬間こそが人工太陽に、あるいは大地に対して垂直降下しているあの瞬間なのだと誰もが気づけない。俺たちのような連中同士でしか語り合えない特殊な言語の会話なのだ。

今度はもつれ合いながら人工太陽第二へと入る。もう分かれたりはしない。

俺とオーグルビーのマシンが互いに体をぶつけ合う。こちらの巻き起こす対流に乗った上での、ネクストディの小型可変噴射。気を緩めれば墜とされる。ヴィスコンティが乗っていた時のホワイトデュークはマシンの大きさでその一撃に耐えていた。小型機に換装した俺では、逐次、慎重な姿勢制御を要求される。

キャットに任せていた時のこの機体が「やりにくい」相手だった訳だ。

このすべてを、キャットは計算の上でやってのけるのだから。

俺は違う。俺はすべてを何の根拠もなく感覚だけで操作する。

互いの死を賭けた何の意味もない消耗戦。

だがこのままでは、やられっぱなしだ。

こちらから仕掛けてやる。人工太陽第二を周回するのではなく、人工太陽が「下」になったタイミングでの垂直降下。明らかにオーグルビーが動揺しているのが伝わってくる。

イカロスダイブ。そしてスツーカアタック。ふたつを同時にやる。常に「上」であるはずの人工太陽がその間境で一瞬だけ「下」になるポイントで突っ込んでいく。俺の巻き起こす対流に乗り切っていたオーグルビーのネクストデイは振り回される。

互いに抱き合いながらの無理心中。どちらが先に音を上げるかの根比べ。

俺が叫ぶ。オーグルビーも叫ぶ。恐怖と歓喜が綯い交ぜになった叫び声。

どっちだ。どっちが先に泣き叫ぶ？　それとも二人して仲良く人工太陽に突っ込むか。

キャットが何やら警告音を発しているが無視した。危険なのは折り込み済みだ。

殺意はこの時、他人ではなく自らに向けられている。自分を殺す。自殺とどう違うかは説明できない。だがこれは、自殺とは明らかに違う。言うなれば自分を試している。鋭いナイフを手首に押し当て切り裂いて、なおまだ生きているかどうかの検証作業。

人工太陽第二ギリギリで俺たちは上下に分かれた。

俺が上。オーグルビーが下。

スロットルをオーグルビーは閉じた。俺は開けた。それが急上昇と急降下という形になって現れた。俺は一時、オーグルビーの頭上を取る。ローターと可変噴射を全開火力で追撃に移った瞬間、下になる。

マグヌス駆動は追われる側になると途端に弱い。

待っていた。この瞬間を。

レールガンが旋回し、その銃口をオーグルビーへと向ける。

「……ロックオンだキャット。間違っても撃つなよ」

「ロックオン完了です」

いざ仕事をさせると仕事が早い。

どんな機種でもロックオンされたという警告音は必ず鳴る。オーグルビーの機体であの耳障りな音が、より恐怖を煽り立てるような音がきっと轟いている。

追いすがられる恐怖に加えて音での恐怖。常人ならタガが外れている。

俺なら違う。だからオーグルビーも違うと期待し、その通りだった。

人工太陽を間近にして、オーグルビーは反転した。ラウンドタイプのゴーグルを装着したその顔は高らかに笑っていた。ここでの反転はもう自殺そのものだ。追う者追われる者、共に巻き込まれて地に、あるいは太陽に墜ちる。

ここしかなかった。

共倒れ込みでのドッグファイト。違うのは俺に「槍」があること。その銃身の先に被せた矛先が、こちらへ猛追仕返してくるネクストディの機体を刺し貫く。

オーグルビーの体が、急停止させられたマシンから振り落とされる。

この高度で、何も持たないオーグルビーが俺の目線と差し向かう。

ナイフの刃が閃いた。俺が返してやった、オーグルビーの兄貴の刃。それは引力を超越することはならず虚しく空を切り、オーグルビーは墜ちていく。ネクストディは、百舌(もず)の速贄(はやにえ)のようにレールガンの矛先に貫かれていた。

俺の勝ちだ。オーグルビーの顔は喜悦の笑みを浮かべていた。その何もかもを成し遂げたような表情が、俺に違う何かを想起させる。

左腕が疼(うず)いた。永遠に喪われたそれが。

キャットの左腕。

それはどれだけ探しても見つからなかった。きっと肩ごとこそげ墜とされてそのまま塵(ちり)になったんだろう。探しても探しても見つからなかった。その左腕が不意に疼く。墜ちていくオーグルビーの体にキャットが被る。

「……世話んなったなァ先輩」

オーグルビーの嬉しそうな叫び声。末期患者が主治医にかけるような言葉。

ふざけるな。

お前はそれでいいかも知れない。だが俺はキャットを思い出し、よりによってお前に重ねてしまっているのだ。槍の先にネクストデイを刺したままの急旋回。車体重量がここで一気に二倍になったような感覚。俺じゃ扱いきれない。

「キャット。適正計算で操作しろ」

「了解しました、マスター」

「俺をマスターなんて呼ぶんじゃねえって教えなかったか？　キャットは……」

最早俺の制御から逃れて、ネクストデイを抱えたまま、ホワイトデュークは急降下していく。自由落下していくオーグルビーより遥かに速い速度で。

墜ちていくオーグルビーをキャッチした。

かつて拾い損ねたものを、取り戻せた気がした。代替行為の誤魔化しと妥協と自覚しながらそう思うことにする。

俺の腕の中にいるのはオーグルビーではなく、あの時のキャットだったのだと。

六

オーグルビーの兄貴はとっととこのコロニーから出て行ったらしい。死ぬのが惜しかった訳だ。まあこのコロニーで生まれ育ったわりにはまともな性格と言える。問題はナイフを取り返した時には、オーグルビーの兄貴はもうここにはいなかったということだ。

だからナイフはオーグルビーが持っていた。

オーグルビーは地上で、俺のホワイトデュークの槍にぶち抜かれてぶら下がったままのネクストデイを見ている。煙草を咥えて火を点ける。

「……派手にやってくれたなァ、先輩」

「当たり前だ、おめえみたいなのは殺す気でやらねえと死なないよ」

「にしちゃァ助けたな、余計なことしやがって」

「別にお前を助けたくてやった訳じゃねえんだよ」

そうだ。別に誰でもよかった。

あの日あの場に俺がいたらそうできた。

あの日あの場に俺はいたのにできなかった。

キャットもオーグルビーも、別に望んでいなかっただろう。俺だってたった一人で、宇宙空間で死のうとしていたし、生き残ったのは偶然に過ぎない。

このガキにはまだ「墜ちて死ぬ」なんて贅沢は早すぎる。墜とされてなお、死ななかった奴の気持ちを味わってもらわなければならない。

「……廃車かねェ、こりゃ」

「直してやってもいいぞ。……俺にも煙草くれ」

振り返りもせずに箱ごとブン投げてきた。中にはまだ十本以上入っている。火、と言ったらライターも投げてきた。金属製の結構凝った奴だ。金持ちは物を粗末にする。わざわざネクストデイを直すより違うマシンに乗ることをあっさり選ぶかも知れない。

「しばらく普通のに乗って空やってみろ。自分がいかに横柄だったかわかる」

オーグルビーが撃墜王たり得たのは、かつてのジャレスのようなテクニック故じゃない。マグヌス駆動を駆使するネクストデイあればこそだ。他の機体であの真似はできない。

それで墜とされて死ぬなら、それはそれだ。

人工太陽の下、商業地帯にある噴水広場に、キャットは危なげなく着地した。人もいたというのに配慮した動きで感心した。

別に気を遣った訳ではなく結果論だが、ここからならオーグルビーも歩いて帰るに容易いだろう。ユニオンの息子なのだから。

俺は噴水横のベンチに腰掛ける。オーグルビーはまだネクストデイを見ている。その腰にナイフがレザーシースごとぶら下がっている。

「……そういやオーグルビー、お前の兄貴、出てったんだよな？　お前は何でまだここにいるんだ？」

「空で他人蹴り落としてるのが面白くッてよ」

殺さないで下さい、と言っていたオーグルビーの兄貴の顔が頭を過ぎる。なるほど、症状が軽度だ。戦禍が近づいているとなればひとまず逃げるだろう。だが逃げるということは、確実に巻き込まれるかその可能性が高いか、あるいは。

「……お前はバカだからいいとして他の家族はよ？」

「兄貴についてったなァ。残ってんのは俺とあと二人ぐらいかな」

父親は逃げてない。念のため、と言ったところか。オーグルビーが残っているのは救えないバカだからか。しかしそれもネクストデイという優位を喪ってしまえば、どうなることやら。

「戦争近づいてて巻き込まれるって話、ホントだったろ？」

「よく知らねェんだ、俺。興味ねえから。単に勝手に耳に入って来ることだけ拾ってる」

「直してやんねえぞ、お前のマシン」

「別にお前ェにやってもらわなくったってな、余所でやれんだぜ？」

「そいつは絶対に疎開したりしないタイプか？　俺はやりかけの仕事があるうちァ逃げたりしねえけど」

返事はなかったが無視されたという感じだった。

どうだっていい。ただネクストデイの機体構造には触れてみたい気もする。

「もちろん、銭は貰うがやれるだけ最速で仕上げてやってもいい。その代わり、親父さんからでも何でも出来る限り情報集めて持ってこい」

ヴィスコンティはあのザマだったし、アンクルアーサーもジャクリーンも、たまに見かけて話したってろくなことを教えてくれなかった。ネクストデイを最速で直してやると言えば、少しは腰の入った情報が手に入る気がする。

「何で戦争だの何だのってよォ、そんなこと、気にしてんだ？」

「好奇心だよ。俺は社会の仕組みを勉強してえだけだ」

同じユニオンに属していても、ヴィスコンティの家とオーグルビーの家は違う。家族を疎開させているというなら、ヴィスコンティだって医療ポッドにでも詰め込んで無理矢理、送り込んでいてもおかしくない。

社会の仕組み、特に俺が今いるこの商業地帯の仕組みが初めて気になっている。

ロクに客など来やしないホテルが何でまだ営業してるのか。何故、新規でジェロームみたいな奴を雇えるのか。人はどんどんいなくなる。過疎化が進む。そうなれば普通はやっていけなくなる。

そういうことを考えろとアンクルアーサーは言っていたのだ。

「やってみんよ、他のマシンにゃ乗りたくねェ。……じゃあな」

結局一度もこっちを見ないままオーグルビーは物憂げに去っていった。肩を落としている。憂鬱の波がのし掛かっているのが見るからにわかる。

通りすがりの人間が停めてあるホワイトデュークをじろじろ見ながら歩き去っていく。そりゃそうだろう。槍がネクストデイを貫通したままだ。廃車とか大袈裟なことをオーグルビーは言っていたが言うほどじゃない。

ふらふらとした奴が一人、足を止めてじろじろと見ている。

ジェロームは確か、俺が病室を出る時にはまだ眠りこけていた。

「……あれヘイウッド、お前、何でここにいんの？」

暢気にそう訊いてくる。

「オーグルビーを墜とした」

「えっあいつ死んだの」

「いや本人はぴんぴんしてるし歩いて帰った」

「あっよく見たらこれあいつのホバーバイクじゃんか」

「よく見なくても気づくだろ」

「お前らの世界じゃそうかも知れないけど見分けつかねえ。ところで俺にも煙草ちょうだい」

オーグルビーの真似をして箱ごと投げてやった。ついでに火も。

「言っておくけど普通の煙草だぞ」

「まあほれ、偽薬効果って奴?」

ジェロームは一本だけ抜いて返してきた。なかなか常識を弁えた奴だ。

槍が貫通したネクストディを面白そうに眺めている。

「……ところでお前は何でここにいるんだよ、ジェローム」

「ここに勤めてるからな、俺。近くにホテルあるんだ」

緩すぎる。これで給料が発生してるんだからちょろい話だ。

大体、商業地帯にホテルがあること自体、どうかしてる。まだ宇宙港にでも隣接しているというならともかく、滅多に利用者なんか来ないだろう。

「そういや俺、あのホテル貰えるかも」

「貰えるかもって何だよ」

「いやオーナーがさ、戦争来たら逃げる派なんだよ。ユニオンに話通しておくからって」

「でもそんなに客来ないんじゃ、雇われてるうちはいいけど、オーナーになったら儲からなくならないか?」

「ヴィスコンティに訊いたら『ユニオンが面倒見る』って言ってたぞ」

「なんだそりゃ。やっぱり訳わかんねえ。何で面倒見なきゃいけねえんだ、客の来ないホテルなんか」

一切合切このコロニーの成り立ち方がわからない。そう言えばアンクルアーサーのジャンク屋も、ちゃんと銭出して買おうとした俺が珍しいって目で見られたぐらいだ。たまに客は来るんだがロクな稼ぎになってないと思う。

それでも俺には給料が出る。アンクルアーサーもユニオンの世話になっているんだろうか。参考程度に意見が訊きたいとかでは説明できないほど拘束時間が長い。

「考えろって言われてもな、そんなこと」

答えが出ない問いをいつまでも考えていたら、またホバーバイクの前で立ち止まる奴がいる。誰かと思ったらジャクリーンだった。

「……何をしてるんだ君は。また、こんなところで」

「見ての通り、墜としてきました」

「また見事に槍で抜いたな」

「実際、距離なきゃ撃つより確実っすよ」

「まあ発砲なんてのは本来、充分な距離があって行うものだからな」

「それじゃ面白くも何ともねえでしょうよ」

「発砲を面白いからで行われたら困る。槍でも困るが」

ジャクリーンがちらりとネクストディに目を向ける。

「あの刺さり方からして死んだか、相手は」

「さっきもコイツに言いましたけど、歩って帰りましたよ」

「そこまでやるならいっそ殺して欲しいってのが君らの価値観だと思ったんだが」

「たまにゃ姐御の流儀も取り入れる訳ですよ俺も」

言葉に棘がないようにするのに必死だった。今のは確実に言葉尻を取って喧嘩を売れる。今の俺は耳の奥でスイッチが入っていない。気持ちを押し殺しながら、左手で、煙草の箱を差し出した。

「つかなんでまた姐御がここにいるんです? ちなみに店なら施錠して来ました」

ジャクリーン自らが考案し設計し造作した防犯フィールド。誰かが中に入ろうとしたら、何かを盗もうとしたら発生する反発力場。鍵がなければ、どれだけの圧力をかけようと、その中に入れないという代物だ。

「……私はユニオンの件でここにいるだけだ」

「またそれっすか。ユニオンユニオンて。なんなんすか闇の支配者すか」

「端的に言ってしまえばそうだが」

あほか。冗談に付き合ってもらえるのは有り難いが、そこまでばかげていると振ったこっちがノリ切れない。

「……んなことより聞いてくださいよ、姐御。コイツ、ジェローム君、このまま行ったらあっさりホテルの支配人ちゅう話ですよ、それも客が一切来なくてもユニオンが何とかしてくれる有様ですよ、そんなんあり得なくないですか」

「いや、それが普通だよこのコロニーじゃ」

「はあ？」

「いや、はあ、ってそんな強力に言われても。知らなかったのかねヘイウッド君？　ここじゃ、このコロニーでは、雇われ人がその気になりさえすれば雇い人の収入を凌駕する。力ずくでそれができる。むしろ銭金だけで言えばだな、雇われ人の側が勝つぐらいだ。学校でも繰り返しそう教えていると聞いているんだがな」

授業の内容などまったく覚えていない。ただ機械的に出席し、そうしたという記録を積み重ねただけだ。

ジャクリーンの顔は、俺がそこまでバカだったとは知らなかったという、呆れたというより失望したレベルの表情になっていて、俺もいささか傷ついてしまう。

「……あのなあ、これだけは言っておくぞ、ヘイウッド君。自分の回答は自分で出さなきゃならない。何一つ他人に甘えることなく自分自身で。そうでなかったら君の人生には、何の意味もない。仮に無難に回せて得をしたと思えても、死の淵で後悔するだろうよ」

「そういうもんすかね、姐御」

「そういうものだ」

「まあ仮にそうだとして、俺は俺の回答を正しく得られるのに百年どころか千年生きたって得られる自信がね、ねえんですよ」

俺があと千年生きたってアンクルアーサーにはなれない。

きっと俺は俺のままだ。

千年考えたって何もわかりはしない。

「……じゃあアンクルアーサーのジャンクヤードは？」

「あれだってそうだ。事業主、雇う側はユニオンが金を出す。逆に労働者に関しては、雇用主がその懐から金を出す。これは絶対に授業で教えている」

「……たとえば俺の親父とか酔いどれの鉄筋工なんですけど、鉄筋屋になったら？」

「何もせんでも金がユニオンから入って来る。固定でな。労働者の利点は働いたら働いた分だけ銭になるところだ。雇用主は一生そのままだ。そりゃたまに稼げる場合もあるが、こんな過疎化した廃棄指定コロニーで大きく儲けられるとは思えん」

初めて聞くような気もするし、聞いたことがあるような気もする。

本当に俺は、学校で言われたことを一文字も脳に刻んではいない。ジェロームやヴィスコンティだってそうだろう。オーグルビーに至ってはあの通りだ。

俺たちは形だけ学んでいるし、教師たちだって形だけ教えている。

社会に出てもそうだとは思わなかった。

「雇用主と、労働者じゃどっちが儲かります？」

「そうだな、仮に一ヵ月とした場合、フル稼働したら多分労働者側だ」

「本末転倒でしょうよ、雇用主が損をする」

「それをユニオンが補塡する」

「なんでまた」

「このコロニーをきちんと成立した社会にするためだ」

「だから、なんで、そんなことを」

「そこまでは知らんよ。とにかくこのコロニーはユニオンが、自腹を切って存在させている。君らみたいなボウフラが適当に生きていける程度にはな」

ボウフラを養ってどうしようというのだ。普通は排除する。蚊にでも孵化されたら尚の事、厄介だ。それなのにユニオンはその面倒を見る。

アンクルアーサーもこのぐらい親切だったらいいのに。あの老人は、俺に自分で気づけとは言ったが、気づけるものか。

「姐御は何もかもわかってんすか」

「そこまではいかん。何せよそ者だ。三年もいたら嫌でも気づいただけだ」

「俺ァ二十年もここにいたのにさっぱりわかんねっす」

「授業は真面目に聞くべきだな」

それなりにはちゃんと聞いていたんだが、こう言われてしまうと本当のことを教えてくれていたのかも怪しい。煙草を吸いきったジェロームが、さすがにそろそろ職場に向かうと言って離れようとした、その時だ。いきなり聞いたこともない警報音が商業地帯全体を覆った。

警報音に違いなかった。明らかに聞いた人間を警戒させる音。

「……マジかよヘイウッド、また何か墜ちてくんのかよ」

「またって何だよ」

「そこの姉ちゃんが来た時も同じ音がしたんだよ、宿舎で」

また何か墜ちてくる。それは人為的に隠された、仕込まれたものを意味する。八十年前の「屈折する星屑」ですら陰謀論は絶えない。そうでなければ事前にドローンが排除しているはずなのだ。数百年もの間、このコロニーはそうやって宇宙に漂っている。

凄まじい振動が轟音と共にやってきた。ベンチが浮かんで投げ出され、あのジャクリーンすら地に伏した。ホワイトデュークが自動で起動し、キャットが空中静止を行っている。そうでなければ壊れる、と判断したんだろう。鳴り止まない轟音は、警報音すら掻き消している。

コロニー全体が巨大な鐘と化してわんわんと反響している。気を失いかけたし実際ジェロームなど完全に失神している。遥か遠く、頭上に見える工業地帯が不自然に隆起していた。みるみる形成されていく人工の丘は山と呼ぶに相応しい大きさを獲得していた。

風がうねる。竜巻のように廻る。その山を中心に旋回している。突風となって。

すべてが混沌となって方向も統一性も何もない。ある物は浮きある物は流され、転がってあちらこちらに散逸する。俺は宙に浮いているホワイトデュークにしがみついていた。ジェロームとジャクリーンがどうなっているのかすら把握できない。

山は不快な蠢(うごめ)きと軋みを立てて刻一刻と隆起していき、それに合わせて火を吐いた。工業地帯にあるいくつかの工場も火を噴いている。引き千切られて血を流している。ついに山は活火山と化していた。

軋みと歪みに耐えきれず、活火山自身が身を捩(よじ)り、破裂した。

吐き出したのは溶岩でも火柱でもない。真っ黒な、闇そのものみたいなバカでかい円柱だった。それがずるずるといつまでも吐き出され続けている。途切れること無くつながった一本の円柱が同じく円柱型コロニーの反対側へ、斜めに伸びていく。

外側から、それこそ鐘を貫く鐘撞棒のようにコロニーをぶち抜いて、引力も重力も遠心力も、上も下も関係ない無法の走りで伸びていく。ジャクリーンの隕石ですら、その方程式には従っていたというのにまるで関係なく意のままに伸び来たる。

人工太陽第五の光が陰って見えなくなる。人工太陽を完全に覆い隠すほど太い。

まだ途切れない。まだ伸び続ける。それは工業地帯を突き破って現れ、斜めに伸び続けて人工太陽第五を掠め、先端をついにコロニー最短部にある発力地帯にまで伸ばし、そこすら内側から突き破ろうとしていた。

ずぶずぶと、ゆっくりと、だが確実に進む先にある施設を押し潰していく。根っこと先端の双方で凄まじい火の手が上がっている。乱気流がガタガタとマシンを揺らしている。キャットは言うまでもなくオートジャイロを起動させているし、俺もこんな中じゃとてもじゃないが操れない。

ジェロームの痩せこけた体がふわりと浮いた。自力で飛んだようにも思えた。妙な浮き方をしている。ジャクリーンはどうなっているのかと周囲を見回した瞬間、地に固定されていない物すべてが浮いているのが見え、幻かと錯覚する。

「重力場衰退傾向。コンマ五を計測」

キャットが律儀に俺に報告している。何を言っているのか理解が追いつかないが脊髄反射で理解に努めた。

コロニーの回転が弱まっている。つまり疑似重力としての、遠心力が。

突き貫いてきた円柱は、完全に発力地帯の大地に食い込み、外壁を押し始めている。もう止まっているのか動いているのかすらわからない。破壊が続き、振動は鳴り止まず音は反響を繰り返し、すべての物が浮いたり沈んだりと落ち着かない。

人工太陽が五つ揃って、ぐらぐらと不安定に揺れている。何とか空にしがみついているように見えた。その空に、何かの拍子でいくつか、群を抜いた勢いで舞い上がっていく。もう統一されたルールがない。俺だってキャットに何もかも任せているから何とかこうしてマシンにしがみついていられる。刻一刻と法則が変わり、所々でもまた違う。人間にどうこうできる領域じゃない。実際、何台もホバーバイクが墜ちてきている。エレベーターですらまともに稼働していないだろう。最新鋭のＡＩを持つキャットですらが手一杯なのだ。空で死ぬどころか地上で死ねる。

もし半日早くこの事態になっていたら。

俺は多分オーグルビーにやられていた。これだけカオスな対流になっても人工太陽が浮き続けているように、マグヌス駆動だけがこの荒波の中を制御できる。今の俺みたいに浮かんでいるだけだろうが。

最早自分の意志では飛ぶことすら許されない。

漆黒の円柱は根本に白い蜘蛛の巣をまとわりつかせ、それを引き延ばしながら進んでいる。コロニーの外壁が破壊された場合の応急措置として機能するはずのものが、円柱にブレーキをかけてしまっている。そのままさっさと貫通させればよかったものを、引き留めてしまっている。

見ただけであの円柱が異常な大質量とわかる。そんな物を抱え込んだらコロニー全体がおかしくなるに決まっていた。

実際、もうなっている。

視界に浮き沈みを繰り返しながら、風に流され続けるジェロームの姿が見える。あのままじゃいずれ何かに激突するか全身をねじ上げられるかして死ぬ。

「……キャット、ジェロームを何とか回収しろ」

「現状、機体の姿勢制御のみ可能です」

「黙れ、やれと言ったらやるんだろ、お前は」

「移動に移るとエラーが発生します」

深呼吸。

耳の奥にスイッチが音を立ててオンになる。コントロールできるようになった気がする。

「……マニュアルモードに切り替えろ、俺がやる」

気性の激しい野生馬どころか、狂った畸形の馬だ。それでもスイッチの入った俺になら乗りこなせるだろう。あるいはしくじって死んだとしたって、結果は結果だ。いつもやっていることの繰り返しだ。多少、条件が違うというだけのことだ。

「セーフティロック条件下にあります。自傷行為は認められません」

「うるせえぞ、回線引き千切ってやったっていいんだぞ」

キャットは沈黙し、するすると動きだす。俺に手綱を渡して来た。

乗りこなしてみせる。

ジェロームに近づこうとして意図せずマシンが反転を繰り返す。真横に真上に地面があり真下に真上にジェロームが映る。辿り着こうにもどこを目指して何をすればいいのかすらわからない。俺は墜ちてこそいないが、本当にただそれだけのことで、他の目標を構築できない。

キャットにやれることは俺にもやれる。

だがキャットにすらできないことは、俺にだってやれない。地面に何度も叩き付けられるジェロームの手足がどんどんおかしな方向にねじ曲がっていく。ジェロームだけではなく、コロニー内の全てが。

また一台、ホバーバイクが墜ちてくる。それと入れ代わりに一際高くジェロームの体が飛び上がり、今度は墜ちてこなかった。もう手遅れという高さまで浮かんでいる。あそこで反転したところでジェロームは何も身につけていない。

ホバーバイクも宇宙服もなしで、着の身着のままでのスツーカアタック。

それを普通は投身自殺という。

そして俺はそれを止めることも下で受け止めてやることもできずに、ただ見ているしかできない。動けないのだ。下手に動けば間違いなく俺は死ぬし、間違いなく死ぬようなことだけは許されない。

ジェロームの横に黒点が浮かぶ。見る間に大きくなっていく。

この対流の中で唯一動ける黒い星。マグヌス駆動とほぼ最新に近い解析能力の両方を備えたブラックスターがジェロームを呑み込むのが見えた。

一旦、すべてが止まる。止まったような気がした。すべてのものが、宙にあるものは宙に、地にあるものは地に縫い止められたように、不自然に静止したかのように見えた。それは錯覚だが、間違いなく止まったものはある。

あの巨大な鐘突きの音が、円柱そのものが動きを止めていた。

だがそれだけだ。混沌の渦の中、俺の中から狂気が抜けていく。脱力感ではなく無力感そのもの。何もできないのだという絶望感。

キャットに手綱を返し、俺はこの壊れたコロニーをぼんやり眺めている。

何も起きないと思っていた。何かを起こさなければやっていられないと考えていた。暴走を繰り返し薬物と酒に酔い、また暴走して燃やし尽くさなければ何一つ愉しくも何ともない憂鬱だけが支配している世界だと思っていた。それほど世界は甘くなかった。起きる時は起きてしまう。

それが今のこの有様で、そして今の俺は酩酊病どころか、ただの間抜けに過ぎなかった。

4. John, I'm Only Dancing

一

　一年が過ぎても事態は収まりを見せなかった。

　あんなバカでかい円柱が突っ込んで来たなんて出来事を一年でどうにかしろというのも無茶な話だ。やれることと言えば、恐れをなして逃げるしかない。この一年で宇宙港は、これまでにない程の盛況を見せている。あの凄まじい破壊劇で、一気に正気に戻ってしまった人間達が群がっている。

　俺の病はまだ完治していない。正気に戻れない。

　俺はまだアンクルアーサーのジャンクヤードにいる。ここはそんなに壊れていない。コロニー内でも元からゴミの山みたいな場所なので派手に壊れていてもおかしくないのだが、防犯用の力場が地味に役だった。円柱の進入経路に入っていたらひとたまりもなかっただろうが、かなり離れていたのも幸いした。

よりによって、この過疎化したコロニーでも工業地帯を狙うとは。そりゃ大半がロボット化されていて管理職くらいしか人間は配備されてなかったが、あれだけ派手にやられると被害も尋常じゃない。遺体を回収できたら幸運だという有様だ。

ちなみにうちの親父はあれ以来家に帰って来ないが、どこで飲んだくれているのやら。酒も飲めればいいほうだ。食い物すら不足している。当然のことながら飲食店は激減していたし自分で作ろうにも材料がどこに売っているかわからない。そのうちどうにもならなくなるだろう。

コロニーは過疎や限界を通り越して完全に崩壊し始めていた。

それは今までのような気持ちの問題だけじゃなく、物理的に人が住めない場所になりつつあるという話だ。あの円柱は突き刺さったままだし工業地帯と発力地帯を破壊されている。おかげでコロニー自体の動きが不安定この上ない。

浮遊震が発生する。誰ともなくそう、呼び始めた。唐突に無重力状態が、長くて数秒ほど、短ければ一瞬、訪れる。何もかもがふわりと浮いて墜ちる。あの気持ち悪さは格別で、そして馴れない。まるで拷問の一種だ。いつどのタイミングで訪れるかもわからないのが始末に悪い。

コロニーの出力を調節したりするなどして解決しようとしているのだが、作業に携わる者みんながみるみる熱意を欠いていき、そして逃げる。当たり前だろう。そもそもこんな所に無理をして住む理由がないことにようやく気づいたのだ。

空の状態も荒れ果てて、もう滅多に、人工太陽に群がる羽虫も見なくなった。

みんな降りた。

やっているのは俺だけではないかと思う。キャットが自動補正をかけてくれているから飛べるという状態で、俺自身、空をやっている自覚に欠けている。

ホワイトデュークは強引に力ずくで飛べるが、そう愉しくはない。

ネクストディも飛べる。がきっと思い通りには行かないだろう。マグヌス駆動のホバーバイクなら乱気流にも乗れるだろうが、以前とは空の様子がまったく異なっている。

とは言え、俺は一縷の望みに賭けてネクストディの修理を優先した。

ネクストディならば、ホワイトデュークで覚える違和感が発生しないのではないか。マグヌス駆動は走る道を選ばない。この無茶苦茶になったコロニー内で、人工太陽が一つも墜ちずに空にしがみついていられるのは、自身の動きをその荒れた空に適正化させて飛べるという特性故だ。

一心不乱に修理に打ち込み、一ヵ月ほどで飛べるようにした。

試運転と称して空をやり、それは大抵、失望に変化した。

飛べるし操れる。だが愉しくない。一番必要なものだというのに。それなくして空をやる理由などどこにもない。マグヌス駆動で飛ぶ空は、流れに乗り続けるだけで精一杯になってしまう。急上昇も急降下も許してはもらえない。何度か仕掛けたが、即、死に繋がるのが察せられた。技量の可能性という隙間がこれっぽっちもない。

やったら死ぬとわかっているのにやるのは自殺と同じだ。

ホワイトデュークもネクストディも歯が立たない。ならば残りは一機しかない。

カスタム途中のモンスターを完成させてみるしかなかった。あの過剰過ぎる特質が、打開策に繋がるかも知れない。そう信じてみた。他に楽しみは見あたらなかった。まだ未練があった。逃げてしまえばいいというのに。この精神病棟から退院できるというのに、俺はこの環境に馴染みすぎていた。

故にやる。

モンスターを完成させる。相手はすでにブラックスターではなく、このコロニーの空、そのものだ。

それにジャンクヤードでは浮遊震が発生しない。防犯目的で仕掛けた力場が常に一定の引力を保ち続けている。あのふわりと重力の衰える時間がないだけでもここにいるのは愉しかった。ついでに言うと近所に転がっているジャンクそのものになった鉄屑やら何やらが力場に、少しずつ引き寄せられてくるからみるみる在庫が増えていく。

逆に言うとこの程度で防げる。これを各地で、全域でやればいい。なのにしない。もうそんなことを考えている余裕は誰にも残っていないし、それをやるぐらいなら逃げたほうが早いではないかという、当たり前の思考になりはてている。

それはそれで結構な話だ。当たり前のことだ。羨ましいぐらいだ。

だが損得を理由にして、やれることをやらないのは最早ここの住人とは言えない。そもそも何で無意味に、廃棄コロニーに居座って何百年も酩酊病の中で暮らしていたのか考えてもみればいい。そう言えばきっとこう返って来るだろう。お前は引っ込みがつかなくなっているだけだと。治ったのに、まともに戻れるのに、治療を拒んでいるだけだと。

反論する気はない。俺が間違っていても別に構いはしない。正しいと主張したい訳じゃない。ただ、そうじゃなかったはずなのだ。納得がいかないという、ただそれだけだ。

奴らに空を思い出させてやりたかった。あの恐怖を。「屈折する星屑」を。そんな名前の怪物に、みんな熱狂していたはずなのに。

みんなあの円柱に殺されてしまった。みんな降りてしまった。だから俺が仇を取る。

流れ弾。

ジャクリーンが、あの円柱の正体がそうだとあの後、教えてくれた。収容したジェロームを病院に運んだ後だ。

「弾って、あんなバカでかいのがすか？」

「そりゃそうだろう。……いいか、コロニーが造れるということはだな、同じ大きさの宇宙船も造れるということだ。それら同士が戦争になったら、そりゃ規格外の弾丸も撃ち出す」

「じゃあやっぱりここは戦争に巻き込まれてんですか」

「そうとも思えん。もし本気でここを潰す心算ならもう、三つか四つ撃ち込んで来ている。一発でこのザマだ。それだけ増えたら余裕で墜とせるのは君もわかっているだろう？　それがない。それに……あれは流れ弾というか、流れ『槍』だ」

「……槍？」

「ドッグファイトで使うアレだ。もしここを本気で墜とす気でいるんなら、あの円柱なんかよりよほど便利で効果的な代物がいくらでもある。コロニー規模の戦艦同士がドッグファイトをやらかす時に使う武器なんだ、アレは。だからまあ……どこかで違う相手に使った物が、遠く流れてきて偶然、めんどくさい場所に当たった、ぐらいが正解だと思う」

何ともやりきれない推理だった。

しかしそれは正解だったらしく、その後、目立った行動を仕掛けられた形跡はない。殺意を持ってやった訳ではない事故で何人も死んだ。生きている者も引き上げ始めた。むしろ殺意を理由に槍を突き刺してきて欲しかった。

だから俺はここにいる。居続ける。

意地でも引くものかと考えていた。ずっとマシンを完成させることだけを考えていた。浮遊震、あの突然の無重力が発生させる乱気流と姿勢調和の崩壊、それに打ち勝てるだけのマシンを組み上げてやりたかった。そうでなければ浮かばれない。誰がとも何がとも俺はあえて口にしないが。

　突然やってきて無茶苦茶にした挙句、悪意はなかったなどと言われたのでは堪らない。俺が、俺たちが何者であるのかを骨髄にまで理解させる必要がある。

　そういう妄執にとらわれている。正直、俺は以前に増して明らかに酔っていた。客観視してそう思う。何かに打ち込まなければ本当に壊れていたと思う。納得がいかない、ただそれだけを理由に人は壊れてしまうのだ。だからこのマシンに自分を委ねることは傷ついた精神を回復させようという本能にも直結していた。

　悔しかった。

　俺たちは俺たちで、勝手に自己完結して、自由な回答をそれぞれ信じて今まで何百年もやって来たのだ。よりによって、何で俺が直撃を受けなきゃならないのか。いや受けたとしてもそれは仕方ない。そういう瞬間に、俺は空にも、地上にも、そして背中にも、誰も何も備えてはいなかった。みんな磨り潰されるか振り落とされるかしてしまった。

　それが歯がゆく、そして悔しい。

　ヴィスコンティと二人なら、あるいは地上でジェロームと、そして俺の背後にいつもキャットがいるという状態でならいくらでも戦ってやれるというのに、俺はしょぼくれているとしかできずにいる。

　一人で立ち向かわざるを得なくなっている。泣き言を許してもらえるなら、いくら何でも俺が可哀想すぎやしないだろうか。俺「たち」が揃えばどんな敵でも倒せるし、逆に倒されても諦めがつく。そう確信できるすべてのピースが欠けてしまっている。

それに納得がいかなかった。

俺たちは共に戦いそして死ぬ。信仰する神の聖句はそれだけだ。

二度でも三度でも何度でも誰に理解されなくても俺はそれを口にする。

それだけを理由にマシンの完成に力を注ぐ。

その最中にオーグルビーが訪ねてきた。もうクソの役にも立たなくなった札束をトランクいっぱいに詰め込んで。

「……こォんなもんでいいか？　もっと欲しいならもっと持ってくるぜ先輩。何せパパが全部置いていったし」

「パパぁ？」

「……何だよォ？」

「……何でもねえよ」

自分の親をどう呼ぼうとそりゃ別に構いはしない。

「んで出来てんのかァ、俺のネクストデイ？」

「もうできてるよ。飛ぶのかよ？」

「盆栽にする趣味もねえしなァ、俺」

今の空を飛んでまだそう言うだろうか。俺のように失望し絶望する人間を増やしたくないという気持ちにも駆られた。相手がオーグルビーだからなおさらだ。俺が認めたロデオドライバーの一人に違いないのだ。

今まで想像していた明日、次の日はもうないのだ。

それに気づいてしまったらオーグルビーまで降りると言い出さない保証はない。同じ狂犬仲間ではないか。寂しいではないか。触れないままにフェイドアウトしてくれたほうがよっぽど、マシだ。

「あっそうそう、ユニオンの話。訊いたらもう撤退だってよォ、この商売」

「商売って何だよ、こんなもんのどこに利益あんだよ？」

「そういうこと言うなよ、先輩、俺だって頑張ってパパに訊いたんだからよォ」

知ったことか。

「……気が済むまで札束積んだら帰れよ。ネクストデイならもう仕上がってる」

「なァんか面白い改良とかしてくれた？」

「するかよ。元通りになっただけだ。それで飛んでみろっつうんだよ。今の空が訳わかんねえことになってるって嫌でも気づく」

オーグルビーと睨み合う。腰にナイフ装備のオーグルビーと。何やら既視感がある。俺がかつてジャクリーンに喧嘩を吹っかけた時、ジャクリーンはこんな気持ちだったに違いなかった。立場は逆転し、そしてこうなって初めて俺にも理解ができる。

小僧が身の丈も弁えず粋がって絡んで来ている。呆れかえるほどに子供だと思ってしまう。それが別に嫌いじゃない。

空で殺し合い、地上でも殺し合う。それがいつもの俺たちだったのだ。しかし今はもう、そうじゃなくなっている連中が大半だった。自分の意志で降りて、自分の判断で出て行くと思っているのかも知れないが、違う。あいつらは単にビビったのだ。

久し振りにやるか、と作業の手を止めて立ち上がる。

立ち上がってオーグルビーを睨もうとして、こちらに向かってくるトラックに気がついた。アンクルアーサーの物によく似たポンコツトラック。停まっても運転手は降りてこなかったが、助手席からは人が降りてきた。

モーター駆動の音がする。

ヴィスコンティだった。服を着ているから体はよくわからないが、顔の左半面にはまだ不細工なのっぺりとした仮面が着いている。

俺を見る前にオーグルビーを一瞥したが、特に何もせず無視した。

オーグルビーも特にアクションは起こさない。やり合おうって時に邪魔が入ったという程度の顔。ひょっとしたらオーグルビーは、ヴィスコンティを忘れているか、あるいは最初から知らないという可能性も高い。

「……もう歩けるのか、ヴィスコンティ」

「歩くぐらいなら補助器具付きで、よちよちやれるさ」

ヴィスコンティの視線がジャンクヤードを見渡す。ホワイトデュークを見て、ネクストデイを見て、俺が造っている最中のマシンを見る。そして俺を見る。

「何もかも変わってなくて安心したよ」

「意地張って変えてねえってフシもある」

「ま、それはそれでお前らしいよヘイウッド。今日はホワイトデューク貰い受けに来た」

白い機体を指さす。

「乗る気かよ、その体で」

「手元に置いて眺めてるってのも悪くねえ。それに別に、すぐ乗れなくたっていいんだ。でも貰い受けるなら今しかねえ」

「何で？」

「コロニーを出て行くことになった。ユニオンはみんなそうすることになった。……オーグルビー、お前ん家もそうだろ？」

「何だ、お前も出て行く側かよォ」

「仕方ねえだろ、このザマだ」

左半身を特殊コーティングされ、モーター駆動でしか動けないヴィスコンティに選択の余地はない。残りたくても、残れない。人の手を借りなければ生きていけない、そういう身の上になっているのだ。

「……よそに移ったら、また飛べる空かも知れない。体が治れば試せるし探せる。そうなったらお前らも来ればいい。また前みたいに飛べるぜ」

「全部仮定の話だな」

「ああ。仮定だ。もしかしたらだ。この気持ちを忘れたくねえから、ホワイトデュークも持って行く。幸い、小型機に換装してくれてるしな、トラックで運べるくらいには」

「どこに行くんだ?」

「親父はどこかのコロニー経由してから、今度は植民星に行くって言ってた。本物の地上だ」

ここには偽物の空と地上しかない。何かあればすぐ、ぐちゃぐちゃになってしまう脆弱な空と地上。あの円柱が、槍が、強制的に頭ごなしにそれをわからせてくれた。

大きなお世話だった。

「ヴィスコンティ、お前体がまともだったら残ったか?」

「さあね。ホワイトデュークじゃ、まともじゃなくなった空やれねえんだろ?」

「じゃあ俺は他の空を探すさ。なるべく早くな。……お前はまだ出て行かないのか、オーグルビー? お前の家ももう誰もいないだろ」

「俺ェ? とりあえず飛んでから考える」

「飛べるのかよ」

ヴィスコンティが俺に訊く。

「ネクストディなら飛べる」

俺はそう保証する。キャットなしで飛べるのはホワイトデュークじゃなくてネクストディだ。それもかなり限定的だが。一度飛んでみれば、オーグルビーもここを出て行って違う空を探し始めるかも知れない。

そうやってみんないなくなってしまう。

さも正当だという口実をまくし立てて常識の中へ組み込まれてしまう。

だから俺は今、この場で今度はオーグルビーを叩きのめして、その結果を少しばかり先送りにしたかったのだが、そういう空気でもなくなっていた。

違う話もしたい。ヴィスコンティが来たからには。

「……ジェロームはどうよ？」

「まだ生きてる」

悲しげな顔でヴィスコンティはそれを言う。ジェロームの容態は深刻だった。外傷は左半身が壊滅したのに比べればそうでもない。問題は振り回されて打ち続けられた頭の中身にある。もう完全に、他人との意思疎通ができないままだった。

ヴィスコンティはこうして回復しているのに、ジェロームは日を追っておかしくなっている。俺と同じように。

だから、まだ生きていることが憐れでしかない。俺と同じで、そして違う。

薬物で干涸らびかけていた脳が深刻なダメージを負っているジェロームには最早、自分の意志というものすらない。そして死ぬことすらままならない。

あんな惨めなジェロームは見たくなかった。だから病院に行くのも躊躇われた。ましてや、医師が少なくなって来ている。マシン化された医療システムに救われているというだけだ。医療システムはただただ回復を優先して患者に接する。たとえ回復の見込みがなくても全力で生かし続ける。善意を盾にした嫌がらせのようになっている。

「……荷台にホワイトデュークを積んでくれねえか、ヘイウッド」

「わかったよ。名義はお前だしな」

ホワイトデュークに縄を縛り付け、クレーンで持ち上げてヴィスコンティのトラックに乗せる。それでお別れだ。きっとたぶんもう二度と見ることはない。かつて俺の駆っていたラフィンノームをもう二度と見ることがないのと同じだ。

キャットは去った。一番いいタイミングで、左腕を肩ごと抉られ脳天を割られて即死した。今またヴィスコンティが去ろうとしている。その愛機であるホワイトデュークと共に。

「……俺は自力で乗って帰るぜェ、先輩たちと違ってよォ」

「好きにしろよ。何度も言うがネクストデイだけはこの空を飛べる」

だが空をやることはできない。

イカロスダイブもスッーカアタックもできない。ロデオドライバーには戻れない。

それはエレベーターと同じなのだ。ただ乗っている、乗せられているというだけで自らの意思で動いている訳ではない。

「……なあ、ヴィスコンティ。オーグルビー。何でこんなことになった？」

「わかんねえよ」

「知らねェ」

「お前ら二人ともユニオンの息子だろ？　俺にゃもうこのコロニーがどうなってんのかさえわからないんだよ。そもそも何だってこんなもんがまだここにある？　廃棄指定は何世紀も前に言われてんだぞ。そのまま歳食って死ぬか事故って死ぬかしてりゃあよかったのに、何だって、こんな有様にならなきゃいけねえんだよ」

破綻も破滅もやがて来る。

そんなことぐらいわかっていた。だが今、俺がまだ生きているうちに訪れるとは思ってなかった。想像もしていなかった。他人事だった。だが俺が望もうと望むまいと、正に俺は今、当事者そのものになっている。

「……あのよ、俺も何も言えないまんま出てくのも癪だから言うんだけどよ」

ヴィスコンティが気怠そうに言う。

「ホントに役立つかどうか知らないけど、気になったことはあった」

「……何だ？」

「ユニオンの金庫だよ。銭が、ある年、いきなり増えたりいきなり減ったりしてた。こいつは一日中、帳簿見てた俺が言うんだから間違いない。……で、一番気になるのが、このコロニーを丸ごと造りなおしたって余るくらいの額がユニオンにはある」

「でもパパは全部置いてったぜェ？」

オーグルビーがトランクを軽く蹴った。

「ここに運ぼうとしたら、このジャンクヤードが埋まっちまうぐらい残ってるぜ」

「そりゃ『通貨』だろ。俺が言ってるのは金庫の話だ」

「？　何言ってんのかわかんねェ」

「あのなあ、通貨ってのはユニオンが印刷したただの紙切れなの。余所の国とかコロニーに持って行っても使えねえんだ。アメリカだって買い取っちゃくれねえ。俺が言ってるのはどこに行っても通用する銭そのものなんだよ」

「……今、金庫の中にいくら残ってる」

「一銭もねえ。……そりゃ逃げるんだから持って行くだろうけどよ。なあ、ヘイウッド。そんな大金、誰がどのぐらいの分量で分けるんだ？　そんな面倒くせえことしてるより、時間はかかるだろうけどコロニーを直しちまったほうがいいだろ」

「戦争が来るんだろ」

「それならユニオンが全部と話を通してるってよォ、って言ってたぜ」

じゃあ何故逃げる。何故捨てる。正気に戻ったから、ここがただの過疎地だと気づいて出て行くのはわかる。そんなことは百も承知でここを管理していたのがユニオンではないのか。ヴィスコンティの言うことが正しければ修理するだけの予算は余裕で確保できている。オーグルビーの言葉を信じるなら戦争そのものにも巻き込まれない。

何か間違いがあったとしたら、あの漆黒の円柱、あの流れ「槍」ぐらいか。でもジャクリーンの言葉を信じれば、あれは事故そのものだ。

そして俺は全員の言葉を疑っていない。だが導き出せる答えが見あたらない。

ヴィスコンティは家族と共に出て行く。怪我の治療があるからだが、そんなモンは治療ポッドにでも放り込んで機械任せにしてしまえばいい。オーグルビーなど五体満足なのに、半ば放置されている。

同じユニオンの一族だというのに扱いが違う。

「……オーグルビー。お前、仕事は？」

「何もしてねェ」

「兄貴は？」

「親父の手伝いしてた。具体的には知らねェ」

ヴィスコンティはしていた。やれる範囲での帳簿仕事とはいえ金庫の中まで覗けている。同じような立場で同じく空でバカをやっている二人の違いは、そこだけだ。

ユニオンに携わっていたかどうか。

「……ヴィスコンティ、前から思ってたんだが、お前の空には殺意が足りない。だから俺に負けるし、オーグルビーに墜とされる。ジャレスがハンキードリーに乗ってた頃は、あいつは魔王とまで呼ばれた撃墜王だったのに、お前はホワイトデュークで一人も墜としてない」

「何の話だよ、急に」

「殺意もないのに空をやってたんだよな、お前は」

昔、ヴィスコンティと殴り合いをした時に俺はそう口走った。よくある煽りだ。何となく言っただけのことだ。怒らせるためだけの罵倒だ。だがそれは煽りでも罵倒でもなく、指摘であり評価だった。

ヴィスコンティは愉しいから空をやっていた。俺やオーグルビーみたいに無邪気で無意識な殺意というものを持ち合わせていない。

普通なのだ。至って冷静で素面（しらふ）なのだ。

酩酊病に罹患していない。

このコロニーの中でおそらく、ユニオンの家柄だけは罹患しない。だからユニオンは外部の人間を決して雇わない。勿論例外はいて、その例外がオーグルビーだ。それを証拠立てるのはその兄だ。

あの兄貴は俺に「殺さないでくれ」と言った。まともで何よりだ。腹が立って殺してしまいそうになったぐらいに、まともだった。オーグルビーはそうじゃない。

だから放置されている。

「……何だよ、どうした？」

「何でもねえよ」

俺はようやく辿り着いた答えをひけらかしたくなかった。間違っていると思いたい。まともなのはアンクルアーサーやジャクリーンなどの明らかな異物だけだと考えていた。ここを精神病棟と呼んだのは他ならぬ俺だ。

じゃあ医師や看護師まで病気なのか。違うだろう。それがユニオンだ。

そしてヴィスコンティは、おそらく無自覚だが、まともなくせに患者側にいた。今の今までそんなことは思っていなかった。ジェロームは俺には、自分が使っているのと同じ薬物を躊躇いなく渡して来たのに、ヴィスコンティには薄めた代物を提供していた。

ジェロームは空をやらない。ただ眺めていただけだ。だから気づいていたのかも知れない。何故教えなかったと問えば、訊かれなかったからだと答えるに違いない。

「ヴィスコンティ。お前がここを出るのはいつだ？」

「すぐじゃあねえけど、まあ近いうちだ。……言おうかどうか躊躇ったんだが、一緒に乗るか？　たぶん言えば乗せてくれる」

いや無理だ。そう口にしかけて苦笑が漏れそうになった。仏頂面でそれに耐える。

一緒に乗って出て行くかと誘ってきたのはヴィスコンティだけじゃないのを思い出す。

「……時間がある中で、出来る限りでいいから調べて欲しいことがある。たぶん、お前にしか頼めないから、できればきっちり調べて欲しい」

「いやいいけど、そういうことならオーグルビーと二人でやるし」

「オーグルビーにゃ無理なんだ。頼む」

俺と同類だから。

口にしかけてやはり止めた。この土壇場で友情を切り捨てたくはない。これを言えばヴィスコンティはきっと傷つくだろう。何故ならヴィスコンティは正気のまともな人間だからだ。

「……ユニオンで、アンクルアーサーとジャクリーンが具体的に何をやっていたか、調べて欲しい」

「……直接訊けばいいじゃねえか」

「あの二人の口癖は『考えろ』だ。だから考えるのに情報がいる」

ヴィスコンティがこちら側にいる分にはユニオンも何も気にしないだろう。だがこちらからヴィスコンティを積極的にユニオンへ、目的を与えて潜り込ませるのは斥候としての役目を持つ。

考えてやろう。望み通りに、積極的に。

そして何より俺は、この壊れゆく滅びゆくコロニーが、キャット同様の心中相手（タンデム）に相応しいかどうかを確かめなければならなかった。

二

宙域戦闘機はほぼ使い切って、壊れた部分しか残らなかった。

当初は使わない予定だった部品も余さず使った。ホワイトデュークに流用した部品も多かったが、用途が変わって来ている。もったいないが使い道がない部品ばかり揃っただろう。

今は違う。今の俺にはホワイトデュークやネクストデイでは話にならない。

過剰過ぎて飾りでしかなかったマシンが明確な意図で求められている。

スケアリーモンスターズ。

宙域戦闘機のフレームを入れ替えただけ、と言ってもいいマシンだ。この荒れ狂った空を再び統治する魔王の玉座。あとは俺がその玉座に相応しい人間であるかどうかという話になる。それは何とでもなる。

特に塗りたい色はなかったから、磨いた。磨いただけで統一感が出た。鈍い土くれた輝きを持つ銀の所々に虹色の痣が浮かんでいる。宙域戦闘機が炙（あぶ）られた傷跡はそのままに引き継いでいる。

フレームもエンジンも皆、金属板で覆い隠し、密封している窒息仕様（スーサイド）。外がこの有様なのだから、外を頼りにする訳にはいかなかった。

ではどうやって燃焼させるか。

そこは宙域戦闘機のノウハウが役に立つ。常に内部で酸素を発生させなければならない。酸素発生装置を内部に組み込み、ローターで循環させ、発電する。この機体の中に一つのコロニーが小さく封入されていた。

単座に、パーソナルアシストであるキャットを据えつけただけのシンプルな操縦席。そこを二重の真球で包み込み、機体後方に据え付けた。一見するとかなりロングノーズなシルエットの大型車だが、俺一人しか乗れない。

問題が二つ。

真球で包み込んだら操縦席から何も見えなくなる。

真球で包み込んだらあっという間に窒息する。

その二点に俺の思考は収束されていた。だが機体性能を煮詰めるのならまだわかりやすいのに、環境性能となるとうまく頭が回らない。今まで、考えても来なかった。ラフィンノームもホワイトデュークも、完全にここまで密閉した覚えはない。ただの全天型風防であっても、呼吸が詰まるなどとまず考えなくて済む。どうやったって空気は侵入して来るのだ。

スケアリーモンスターズは違う。一度閉じたら絶対に外からの侵入はない。徹底的に「外」を無視して設計し開発しているのだ。代わりに救いも求められない。一番簡単なのは酸素発生装置を別体でシート下にでも設置することだが、純酸素で満たすとなると危険になる。火花一つでも散らせば大爆発を起こす。かといってボディの中に造ったような疑似コロニー環境となるとさすがに重すぎるし大きくなりすぎる。

ボディと直結させればいいのだが、それでは動けなくなる。

操縦席を包み込む真球は、常に回転し続けボディからすら独立している。マグヌス駆動だ。この俺が造り上げた小さなコロニーに浮かぶ人工太陽が操縦席に当たる。これは推進には使わない。マグヌス駆動をパイロット着部の姿勢制御のみに使う。だからこそ、ボディからの安定恩恵すら得られない。

これはジャクリーンのブラックスターから得た着想だ。あの機体は基本、機体そのものを振り回して飛ぶ。俺たちがボディを安定させることを優先し、パイロット自身はその暴れ馬にしがみつくのとは真逆だ。

この乱れに乱れた空でそんな悠長なことは言っていられない。

ルナアーマルコフレームを、自身を安定させる盾ではなく、進路を切り開く矛として振り回す。逆にマグヌス駆動を安定化に特化させ、盾として使う。これはなかなかいいアイデアだと思うが、実際にやってみなければ確かなことはわからない。

机上でいくら辻褄を合わせたって容易く覆る。ましてや今の空では、机上で空論すら立てられない。

言い訳させてもらうと結果論なのだが、当然、まるで視界が効かない。これは気付くのに時間がかかった。当初はガラスで造る予定だったのだ。だが肝心のマグヌス駆動に耐えられるガラスがどうしても見つからなかった。結局、全部金属で覆ってしまった。

言うまでもないが、常に不規則な回転を続ける真球に窓を造っても仕方ない。

理想はジャクリーンのブラックスターに搭載されている全天型モニタだが、手に入らない。本来なら宙域戦闘機にも搭載されているのだが、叩き壊されている。

そこが解決しないと、組み上げたところで試運転もできない。

苛立たしかったが、辛抱強く考えた。

視界と呼吸。マシンはすべてに対応しているというのに、肝心のパイロットが致命的な不手際を被っている。俺が乗らなくてもいいなら何の問題もないのだが。

そんな訳で取りあえず、乗らないことにした。

キャットにやらせればいい。テストパイロットにはあれほど相応しいものもない。飛ぶだけは飛べるのを外から確認したいとも思っていた。

工業地帯から居住地帯までを無作為に飛ぶドローンと化して、スケアリーモンスターズが飛び立つ。そして大抵は五分もせずに戻ってくる。最速を出せとは命じていない。あくまで馴らし運転だから三割ほどの開度だというのに、これだ。

迫力は凄まじい。ブラックスターは五つの突起を細かく回転させているが、スケアリーモンスターズはあのロングノーズそのものを巨大な剣のように振り回す。傍からこうして見上げていても、絶対に近づきたくない。ドッグファイトどころか近寄っただけで、殴り飛ばされて墜とされる。

たまにそのスケアリーモンスターズに、よたよたとネクストデイがついてくることもある。今日も来た。度胸があるというより、バカなだけだ。

もう空をやっているのはオーグルルビー、一人だという。

「……まあ見事に誰もいなくなっちまったなァ、しかし」

「出て行った連中も多いだろうけど、墜ちた連中の数も相当だからな」

むしろオーグルルビーが、この有様で飛べていることが凄まじい。俺はすぐ降りるかとばかり思っていた。やはり病気だ。かなり深刻だ。

「もう数えきれるくれェの数しか残ってねえェぞ、このコロニー」

「だろうな。みんな着の身着のままで出て行くもんだから、取り合えず生活にゃ不自由しねえんで助かるよ。……ジェロームは？」

「相変ァらずだってよ」

俺は籠もりきりで見舞いにすら行ってない。

歩くのはだるいし、いつ何時、浮遊震が発生するかと思うと、ここから居住地帯の病院まで歩く時間は苦痛しかなかった。当然、スケアリーモンスターズにはまだ乗れない。せいぜいジェロームにくれてやったオートバイで駆け抜けるぐらいしかできないが、いつ浮遊震に晒されるかわからないのでは逆効果だ。歩いているならまだ対応できる。下手にオートバイなんぞに乗ったら、事故に繋がる。

「……生きてんのか死んでんのか、全然わかんねえな」

「誰がァ？　ジェロームがァ？」

「俺たち全員だ」

まだくっきりと生きている者も、いずれいなくなる。

遅いか早いかの違いだけで何もかも死ぬことに変わりはない。

「……その、足掻くってやつがそれなりに愉しいんだけどな」

「独り言増えたよなァ、先輩」

「そりゃ増えるさ、増えないモンかよ」

「俺だって独り言ぐれェ言うけどよ、他人と話しながら独り言呟くって相当だぞ」

「……お前に感心されるくらいにアタマがオカしくなって来てんなら、俺もいい傾向だよ。とても正気じゃ乗れないからな、あのスケアリーモンスターズ」

キャットのフライトレコーダーなど見ると、確かに正気じゃないコース取りを試している。イカロスダイブもスツーカアタックもどれもこれもがベストスコア。それでいてまだ能力の三割くらいしか使用していない。

「あれにいつ乗るんだァ？」

「さあ。呼吸と視界の問題なんだよな、要は」

煙草を咥える。火を点ける。

オーグルビーにいつも取ってきてもらっている。煙草も酒も食い物も。とにかくこのジャンクヤードから出たくなかった。

ふわふわと浮かぶネクストデイの上に跨りながら、咥え煙草でオーグルビーが言う。

「結構前から気になってたんだけどよォ」

「何だよ、改まって」

「まさか空飛ぶの恐くなってねェよな？」

「……また叩き墜とされたいのか、オーグルビー」

凄みながらも多少は動揺している。痛いところを突かれ冷や汗が浮いたのも自覚している。周りが見えない、呼吸ができない、だからキャットにやらせている。それはごく当たり前の言い訳だ。

俺が普通のことを口にしたなら誰だって疑うだろうし、俺だって疑う。

そこがわからないとだけ口にしていれば、乗らずに済む。あの恐ろしい怪物（スケアリーモンスターズ）に。

俺はたぶん、正気に戻りつつある。

このコロニーに生まれた時から罹患している酩酊病を克服しつつある。それが何より恐ろしい。正気に戻ってしまったら、スケアリーモンスターズになど絶対に乗れなくなってしまうからだ。

「……空やらねェから気持ちが腐るんだぜ先輩」

「だったらネクストデイ、くれよ」

「やだね。何でもいいから造りゃいいじゃねェかよ、そこら中に放置してあるんだから拾ってきたっていいんだしよ。マグヌス駆動だって自作できるようになってんだしよ」

「お前の真似したみてえになっちまうだろうが」

これも言い訳。間違いない。

俺はいつから、こんなにまともになってしまっていたのか。そのうち、ここから出て行くと言い出しかねない。この自覚は以前からふわふわと心中に漂っていたのだが、こうしてくっきりと言葉にしたのは初めてだ。無理に掻き消しても仕方がないので、心がささくれ立つままにしておく。自分への罰だ。

キャットが死んでから三年、飛ばなかった。その間は地上で酔っていた。空を見上げることさえ苦痛だった。

あの時よりひどい。結局こうなってみると、ヴィスコンティだけが本物だったような気がする。あいつは素面であんな真似をしていたのだから。俺もオーグルビーも異常さを言い訳にして空をやる。

ヴィスコンティに言い訳は必要なかったのだ。

「……ま、せめてこの敷地からくらい出られるよォになれや、先輩」

煙草を吸い終えたオーグルビーは、そう言い残してあっさり空を飛び、この力場から離れていく。

俺は飛ばない理由を探して地べたからそれを見上げている。

オーグルビーぐらい無茶苦茶やれてこそ狂犬の名に相応しい。

所詮かっこだけの俺とは違う本物がオーグルビーだ。

飛ばない理由、出向かない理由、歩いたり走ったりさえしない理由、このジャンクヤードから出ない理由、そんなものは全部今すぐ用意できる。実にくだらない凡庸さ。いつから俺はこんなに計算高くなってしまったのだ。

「……キャット」

「……何？」

「初めて会った時のことを覚えてるか？」

「知らねえよ」

知る訳がない。キャットが認知しているのはこの一年半ぐらいの俺でしかない。随分とキャットらしく喋るようになった。それすら、俺の甘えみたいに思える。

キャットはパーソナルアシストであってキャットではない。孤独なパイロットのメンタルケアをするための機械だ。

つまり俺はケアされているのか。

「……お前は一人ぼっちで湖の傍にいた。みんなに約束を守ってもらえなくて」

「……みんなに嫌われて？」

「いや、そうじゃねえ。そんな話はどうだっていい。俺はあいつに痛いトコ突かれちまって動揺してんだ」

そう吐露できる相手がいる。それがたとえ仮想人格であろうと機械であろうと。それだけで人間は随分と救われる。このシステムを開発した奴を褒め称えたい。正気を保とうと言うのなら、このシステムは実に適切な処置を施してくれる。俺が保証する。

「……俺さ、生きていくのがつれえんだよ、キャット」

「みんなそうだろ」

「みんなそうだし、お前もそうだった。こうやって憂鬱の中に呑まれて一人で死んじまう。俺はそれが怖くて狂ったフリをしていただけかも知れない。地べた這いずり廻るのに馴れちまっててよ、飛びたくても飛べない。笑えるだろキャット」

「笑って欲しいなら笑うけどな、ヘイウッド」

せめて笑ってでももらわなかったら報われない。道化にすらなれないのは悲しすぎる。俺は生まれた時から酩酊病を罹患し、その結果を受け入れてこの精神病棟で過ごしてきた。それで死ねれば幸せだった。まさか治ったから出て行けと言われるはめになるなどと思わなかった。

俺は狂ったままでいたかった。おかしなままでいさえすれば、何一つ迷うことなどなかったのに、正常に近づいてしまっていた。そしてそれに無自覚だったことこそが俺を最も傷つける。本気で本音を言ってもそれが本気だとすら他人に伝わらないことが怖い。

もう一度入れなければならない。

耳の奥にあるスイッチを。それは指じゃ届かない場所にある。それが歯痒い。

俺の意志では押せないのだ。

俺の意志で押してしまえるのならば紛いものなのだ。

俺の視界で蹲る鈍い銀色の機体。キャットの搭載された過剰な、暴力そのものの具現化とさえ言っていいスケアリーモンスターズ。今は俺自身が怯え、乗らない理由を口にしてしまっている。

そういう自分が、我慢ならない。

呼吸と視界の問題を解決する方法など、ちょっと考えればわかるではないか。

目を背け続けていただけだ。だがもう二度と目を逸らさない。ヴィスコンティにもジェロームにもオーグルビーにも、そして何よりキャットにも顔向けできなくなってしまう。

ここで逃げ出せばすべてが終わる。

終わってしまうことも一つの救いなのかも知れなかった。

だが俺はその救いの手を握る心算は毛頭無かった。

煙草が燃え尽きたのを機に立ち上がる。オートバイに跨ってエンジンを掛ける。甘いオイルの香りが漂う原始的な乗り物に身を預ける。この不安定なコロニーの地を走る。

「キャット」

その名を呼びかける。

「何、ヘイウッド？」

そう返って来る。かつて生きていたキャットが、かつてそうあった声で俺に返事をしてくれている。それは背徳の喜びだ。俺の中で背徳として片付けられてしまう真っ当な喜びでもある。

「……みんな、お前を嫌ってたんでもイジメてたんでもない」

「じゃあ何で約束をみんな破った？」

「みんな本気にしてなかっただけだ、キャット。お前が『みんなで集まって遊ぼう』なんて本気で言える訳がない。そう思ったから来なかった」

そう俺は確信を持って、それを言える。言い切ってしまえる。

「神サマだって気づきやしなかっただろうよ。俺はその時から今も、お前を愛してる、キャット」

オートバイのエンジンが唸りを上げてタイヤを回転させ地を噛んだ。

体がオートバイに乗せられて前へ前へと進んでいく。

これだ。俺が忘れていた感覚。近寄らないようにしていた速度域。

疾走した。巨大な円柱の内側を、その円柱を貫く漆黒の、より小柄な円柱目掛けて。

疾駆する。その向かうべき先は漆黒の円柱でもジェロームの病室でもない。

宇宙港だ。

オーグルビーに煽られて気づいたとも言えるし、とっくの昔に気づいていたのに気づかないフリをしていたとも言える。どれだっていい。俺は今、行動を開始しているのだから。

宇宙港にはまだ人が待機している。そして宇宙船もある。一日に一回、飛ぶ。

どこへ向かうかまでは知らない。毎日違う場所へ飛ぶのかも知れない。俺は屑拾いのバイト以外でここに来たことはない。幸いにも向かう途中で浮遊震は発生しなかったが、むしろ発生して欲しかった。切り抜けてみせる。

宇宙港のロビーにいる無気力な健常者らを無視して異常者の俺が入る。ここの構造ならすっかりわかっている。もはや警備すらいない。バス停か何かに等しい無防備ぶりだ。

正気に戻ってしまった連中が、我先にと殺到する明日への出口。だからここには近づきたくなかったし、見ないように心がけていた。それこそがまともになりつつある証拠だというのに。オーグルビーなど一切気にせず飛んでいただろう。

待機室。屑拾いのバイトが集まる大広間。そう言えば宇宙にはまだ、あのプレハブみたいな宿は浮かんでいるのだろうか。もう屑拾いの必要すらなくなっているのに。

大広間は何度か参加したバイトの光景がフラッシュバックすると、本当に同じ部屋なのかと疑わしくなってくる。宇宙港のロビーが閑散としていてここが賑わっている。それがかつてのここの姿で、今じゃすっかり逆転している。

奥のロッカールームに入り、照明を点ける。

ずらりと吊るされた宇宙服の山。

一つずつ点検して、なるべく程度のいい物を探す。

空をやる、という言葉に捉われすぎていた。

今のコロニー内は屑拾いでしがみついていた外壁とそう大きく変わりはしない。ならばそれなりのスーツを纏えばいい。幸い、一度シートに座ってしまえば這い回る必要もないのだから重さは気にならない。操作性に何か影響はあるかもしれないが、それは馴れで解決できる。

宇宙服に蓄えられる酸素には限度があるが、丸二日は行動できる。俺が半日作業をした後でもあれだけ派手に噴出できたのだ。

視界の問題も解決する。単純に機体外部にモニターをつけて、全面帯(ヘルメット)に投射させればいい。ついでに細かなデータも数字かグラフで表示させればより有り難い。ブラックスターのモニター性能にばかり目が行ってしまっていたが、あれは複数の人間が乗るから意味がある。一人で乗るスケアリーモンスターズには、俺一人が判断できる情報だけが映ればいいのだ。

たぶん、俺の考えていることはこれで全部やれる。

抜群に程度のいいのを、取りあえず一着ひと揃いを担ぎ上げて、ロッカールームを出た。俺がロビーにその姿で現れると、みんなギョッとする。ついに宇宙服が必要な有様にまでこのコロニーは変わってしまったのかという不安顔。残念ながら変わったのはお前らで、必要なのは俺の都合というだけだ。

宇宙服を畳んでオートバイの荷台に括りつける。いざ走らせようとした瞬間、眩暈と吐き気が襲ってきて上下感覚がなくなった。

浮遊震だ。完全に引力が喪失することは稀だが、半減ぐらいは平気でやる。俺の周囲でいろんな物が浮かぶ。とにかく不意打ちでフワリとやられると体が追いつかない。三半規管が発狂する。宇宙服を積まずに着ていれば、多少何とかなっただろうに。酸素とかそういう問題ではなく、浮遊震が発生するからという形でなら、確かにこのコロニーはとっくの昔に宇宙服が必要な環境になっている。対策も充分講じられただろうに、誰もそんな発明はしなかった。

手遅れの患者相手に、懸命な延命処置を施したって手間の無駄だ。

その無駄だけを繋ぎ合わせて平然と生きてきたくせに、今更正気に戻りやがった。愚痴を言っている場合ではない。地面を常に確認して自分の有様を把握しないと、収まった時に怪我をする。あまり長く続くとどんどん地表から離れていって、地上にいたのに墜ちて死ぬ奴まで出る始末だ。

長い。相当今回の浮遊震は、長い。収まらない。どんどん重力が衰えていく。一か八かで宇宙服を縛っていた縄を外す。そして空中で着込む。着込んでいる最中に収まったら、まず間違いなく怪我をする。当たり所が悪ければ死ぬ。だがこの長さは何もしなくたってそうなる長さの浮遊震だ。

着るのにそう手間はかからない。全面帯を装着し、スイッチを入れて透過させる。被らなくてもいいのだが、ついでだ。

その姿で、一緒に浮かんでいたオートバイを捕まえ、跨った。このままきれいに墜ちれば生身で墜ちるよりはマシになる。オートバイのサスペンションも垂直に効かせられれば、いいクッションになってくれる。

長い。まだ続く。収まる気配がない。

宇宙服に大気噴射をさせ、なるべく地上に近づこうと試みつつ、ふと気がついた。

俺は今、空にいる。ホバーバイクではなくただのオートバイで。そして地を噛めなくても移動できる。宇宙服の噴射角度を躊躇いなく水平に変えてすっ飛んでみる。それほど速度は出ないが、楽しめる。何せ所々で状況が変わる。重くなったり軽くなったり、空だというのに荒れ野同然だ。

斜め下に進行角度を調整して、はしゃぎすぎて死なない程度には下降した。何だったら強引に地面に貼りついてやったっていい。要するに噴射を上へ向けて、衰えた重力の分を補って浮遊震が収まるのを待てばいいのだ。

それが一番賢い選択だ。

俺は空にいる限り、面白いことだけを優先し無駄に命を賭けてしまう。

その最初の感覚を取り戻した。

久し振りのフライ・ハイだ。初めてホバーバイクで飛んだ時に気持ちが戻っている。高揚している。躁になっている。

また俺は病人に逆戻りすることができた。もっと早くこうしていれば、オーグルビーにも舐められずに済んでいただろうに。スケアリーモンスターズにかまけすぎて、ドライバーではなくメカニックになってしまっていた。

浮遊震が収まり唐突に重力が戻る。

吐き気も眩暈も起こらなかったし、実にゆったりと下降している。すべては宇宙服のお陰だ。三半規管調節と大気噴射。俺はまだ飛んでいたかった。ずっと浮遊震が続けばいいとさえ考えていた。

理由はない。言い訳も思い浮かばない。

そうなら愉しめるのにと、ただそれだけだった。

三

宇宙服の改良は、とりあえず軽くすることから始めた。大気循環と噴射装置がそもそも重いのだがこれは取り払う訳にいかない。

防寒はさほど考えなくていいのでその分は軽くした。何せ操縦席は密閉される。

この宇宙服は長時間の連続作業向けなので、体勢だけはデスクワークに等しい操縦席では動きにくい部分もあるから、仕立て直す。

考えたのは排泄処理だ。糞小便を垂れ流しても処理して浄化してくれる。手間暇かけて装着したのだから脱ぐのにも手間はかかる訳で、作業中に軽い気持ちで便所に行かれたのでは作業が進まなくなってしまう。俺の場合は好きな時に好きなタイミングで行けるのだが、外すには惜しい便利さがあるので残してみた。

結局のところ、重いのにもそれなりに理由がある。

宇宙港に何度も出向いて持ち帰っては切り貼りし、三通りほど造ってみた。何もいじってないのも一着残してある。どれを選んでも後はキャットが微調整してくれる。何もう飛ばない理由も言い訳も残っていないし、座ってしまえばそんな言葉は欠片も出て来ない。

実際に乗って飛ばしてみると、スケアリーモンスターズの走りは完全にホバーバイクの感覚と一線を画している。どこか挙動は似ていたし操作感覚も同じだった。今まで肉眼で認識していた景色をモニタ越しに見るというのに違和感はあったが、これも馴れだ。

三割程度の出力は維持したまま自分で操作した。

荒れ狂った空をマグヌス駆動のコクピットが感じさせない。可変噴射だけで前へ飛び上へ昇り、後ろへと降下する。常にロングノーズのその先で前を捉えるように操る。基本からやる。派手なドリフトターンなどはそのうちでいい。

工業地帯から発力地帯を繋ぐように突き刺さったままの円柱を三回ほどぐるぐると旋回

してみる。これは以前にはなかった遊びだ。だが俺はそれで死ぬ気は毛頭無かった。

空をやるのは基本でしかない。その先に俺の目標がある。

たまにオーグルビーと遭遇するので模擬戦の心算で突っかけてみるのだが、オーグルビーはこの桁違いのマシンを相手に本気で殺しに来る。おれがその気になったら瞬殺できるし、何もしなくたってオーグルビーは弾き飛ばされて勝手に自滅しただろう。

オーグルビーの無茶な仕掛けに乗ってやり、その上で死なせないようにするのは、ただ流しているよりかはマシンの挙動を試せた。あいつには悪いが、とことん利用させてもらう。

「……なんか窮屈そうだな、先輩のマシン」

ジャンクヤードに降りた時に、オーグルビーにそう言われた。

確かに窮屈だ。飛ぶにしたってこのコロニーでは狭すぎる。やれることは限られている。だが何事も馴れだ。もう俺はイカロスダイブもスツーカアタックもドッグファイトも本気ではやらない。挙動を確かめ、馴れる。そのためだけにやる。

「高性能すぎるマシンってのも考えモンだよな、オーグルビー。死ねる気がしない」

「やっぱやり過ぎだったんじゃねェの、ンなのよォ。もうちっとダウングレードしたやつ造ったら？　そのほうが愉しめるぜ、俺も」

「お前さ、このマシンに絡んでくるのはいいけど、あんまやり過ぎると気づかないうちに死んでましたみたいなことになりかねねえぞ」

何せゼロセンでマッハ6。カタログデータだけだし、もっと引き出せている可能性すらある。そんな代物にのこのこついていったら体が引き千切れる。

結局、宇宙服はそれぞれを何度か試して、統一した。

コクピットそのものに引き継げる機能を外していったから、かなり軽量化されている。私服として着て歩いても浮遊震に悩まされることがなくなっただけでかなりのものだ。

「……つうかお前、俺の頼み事忘れてねえかオーグルビー。ヴィスコンティはもういねえんだから、お前にしか頼めねえんだあれ」

「頼みっつうか確認だろ、あれ。もう先輩の考えてる通りでいいんじゃねェの？」

「そこは外したくないんだ。それ確認してくれたら、勝手にいつでも死んでいいよ」

頼む態度ではないと思ったが、オーグルビーは本当に忘れている可能性があるので強めに言った。オーグルビーが何か反論していたが、俺はただ空をじっと見ていた。

ブラックスターが一瞬見えた気がした。それは円柱の向こうに隠れて見えなくなってしまっている。歯ぎしりをしたいほどだった。空をやっている時は一切姿を見せないくせに、地上でぼんやり見上げていると一瞬だけ、たまに見える。

見たものを脳から振り払うようにオートバイに跨った。

「どこ行くんだァ？」

「お前とばっか話してても仕方ねえ。たまにゃ違うのと話す」

「もう何人も残ってねぇだろ、このコロニー」

「ジェロームがいる」

「話せるようになったのかよ、あン人」

「いや。俺の独り言でも聞いてもらいに行くってだけだ」

エンジンをかけて走り出す。ジェロームはあれから一切回復していない。もしかしたらするのかも知れないが、医師がいない。一人だけ残っているのは獣医師で、それでも医師としてこのコロニーを出る最後の人間でいたいそうだ。言っていることは立派だが、たぶん、出ない言い訳だ。

このコロニーからもう出たくない、というのがまだ少数残っている。俺とオーグルビー以外にもだ。

特にそういう連中に話しかけたりだとかはしなかった。いたいから、いるんだろう。

このコロニーに残ると決めて実行している時点でもう壊れている。オーグルビーには空がある。あいつらには日常しかない。いつ来るかわからない浮遊震に怯えてありとあらゆる物を固定し、自分にも鎖を巻いたりしている。

いささか偏執的に過ぎる。

丘陵地帯を走っていると浮遊震が来る。自ら噴射圧で飛び、そのまま空を滑っていく。かなり馴れた。揺れている間は空中静止さえできる。

まだ揺れは続いている中で、俺はクレーターの近くで止まった。

空中からクレーターを見下ろす。

レディ・スターダストと呼ばれたジャクリーンが穿った穴ぼこだ。今となっちゃ単なる穴ぼこにしか思えない。あの円柱に比べたら何でもない。

流れ弾。流れ槍。隕石。流れ星。そして屈折する星屑。

すべてが雑魚だ。どれもこれもここの住人を正気には戻せず悪化させた。その中で死んでいけた連中は幸福だ。夢から醒めたみたいに現実を取り戻してしまって、慌てて逃げ出さなきゃならなかった連中こそ憐れだ。

ジャクリーンがいなかったら、俺もその中に混ざっていたかも知れない。

もしくはキャットが生きていたら、そうしたかも知れない。

しかしジャクリーンはまだここにいて、キャットは死んでしまったし、俺はまだこのコロニーの中にいる。

ジェロームが、頭の中が壊れてなかったとしたらどうするのか気になった。だが何遍言ってもジェロームはまともに返事をしないし、ベッドに縛りつけられて、固定されている。

出ようと思ったって出られない。

ジェロームの家族はとっくの昔に出て行ったはずだ。出て行くのにあんな荷物を持って出かけはしない。病院に丸投げしてしまっていた。そう言えば俺の親父もどこかに消えてしまったが、そんなことはどうでもいい。

浮遊震が収まる。俺はそっと地面に戻りまたエンジンに火を入れる。

商業地帯に入り噴水広場を走り抜ける。ここが一番、誰かを見かけるポイントだ。オーグルビーの家もここにあるから、ジャンクヤードまでついでに生活品や食料も運んでもらう。

奪い合うほど枯渇はしていない。たぶん、全員が寿命いっぱい生きていたって余る。

それこそ千年生きていたって充分に持つ。

商業地帯を抜けて居住地帯。病院はそう奥にはない。正面玄関に横付けしてオートバイを停めた。どうせ医師も患者もいないのだ。遠慮する必要はない。

ジェロームの病室はヴィスコンティと同室で、ずっと変わっていない。ほとんど機械任せで、電力はまだ供給され続けている。コロニー自体が壊れる直前まで、インフラだけは最優先で機能するようできている。

まさか家や社会に人がいなくなることまでは想定していないので、いささか過剰ではある。食べ物もそうだが、このコロニーの規模は一億人規模だというのに、多分十人かそこらぐらいしか残っていない。それを機械が額面通りに続けるものだから、勝手に過剰になってしまう。

「……まあ残った俺らにとっちゃいい遊び場だ。なあ、ジェローム」

病室でジェロームは横になっている。虚空を見つめて自我がない。全身の傷は癒えていたが滅多に起き上がってこない。あれだけ強力な薬物を自在に操っていたジェロームが、抜け殻のようになって弛緩している。

　ベッドは完全介護型。起きる必要がない。というか普通は起きられない重症患者に使用する。ジェロームはそこに閉じこもる。

　まるでこのコロニーと俺らの縮図みたいだ。

　煙草を口に咥え火を点ける。もう一本取り出して、ジェロームの半開きの口に吸い口をねじ込むと、条件反射でしっかりと咥え込んでいる。その先端に火を移してやる。ただくっつけただけでは、火は移らない。貰ったほうは「吸い込む」という意識的な行為をしなければならない。ちゃんと点いたから、吸い方もわかっているらしい。

「……寝煙草もどうかと思うが、まあいいか。火事になるような不始末しねえだろ」

　普通の煙草だ。薬物はちとわからない。こんな風になったコロニー内のどこかには、きっとジェロームが狂喜乱舞するような宝の山があるに違いなかった。

　教えてくれれば、取りに行ってやったっていいんだが、ジェロームは教えてくれない。

　灰が落ちる傍からベッドの機能で掃除される。まったく気の利いた機械だ。気が利いてるのは機械ぐらいでよかったのに、何でまたここまで親切すぎる仕様にしたのやら。挙句の果てには病人が引きこもって動かなくなる始末だ。

　今コロニーに残っている人間で、必要以上に外を出歩いて回っているのはマグヌス駆動を持つオーグルビーと、改造した宇宙服で姿勢制御を保てる俺。あとはいつ浮遊震が来るかという恐怖に怯えてなるべく外に出たがらない連中しかいない。

「……キャットは死んだ。おめえの幼馴染みだろ？ ヴィスコンティはいなくなっちまったし、そもそもあいつは俺らと同じ人間じゃなかった。んで、ジェローム、お前はその有様だ。こうるせえイカレた後輩くらいしか話し相手がいなくてよ」

声はたぶん届いている。だがまったくの無反応だ。自分の中に自分を閉じ込めている。

それに焦れる。どんな薬物も好き勝手にやって、入れて、射って、呑んで、酔って、それでなお、死ななかったジェロームが、こんな理由で敗北するのは見ていられなかった。

獣医師に、大量の致死毒でも飲ませて殺せと何度も言った。きっとそういう死に方をジェロームは望んでいる。そう思った。

なのにこのジェロームは、経口摂取する分も注射される分も、致死一歩手前で吐き出し振り払って拒絶する。もう物理的に殺すしか手はないと獣医師に言われたし、それをするのは職務に入らないと言われた。

当然、俺だってそんなことはしたくない。

だから大量の薬物が欲しいのだ。ジェロームが満足して死んでも構わないからこれを、もっと、と欲しがるような薬物が。それを探すのにこのコロニーは広すぎた。

ジェロームはこのまま気の利いたベッドの上で年老いていつか死ぬんだろうか。

無だ。ジェロームはそれを一番嫌っていた。俺がそうなるからと薬物を渡さなくなった。その無そのものにジェロームは陥っていて、しかも戻れない。これは薬効ではなく、ただの後遺症だからだ。

こうなるとわかっていたら、ヴィスコンティに俺ではなくジェロームを連れて行けと言っただろう。どこか他の場所でなら、ひょっとしたら回復するかも知れない。だがもうここでは無理なのだ。

俺は朽ちていくだけの「無」であり続けるだけの友達の顔を見ていなくてはならない。ジェロームの煙草も俺の煙草も似たような速さで燃えていく。

ただ咥えているのではなく吸っている。だから薬物さえ用意できたら、ジェロームは勝手に摂取するだろうしオーバードーズで死ぬだろう。

俺は死ぬなら空で死にたかった。ジェロームだって薬物で死にたいだろう。

老衰で死ぬなど我慢ならない。憂鬱だけに取り囲まれて押し潰されて死ぬ老いた自分を想像するだけで吐きそうになる。キャットは空で死ねた。正気で空をやっていたヴィスコンティはそれを羨ましいと、平然と口にし去っていった。

「……結局、俺にゃあの、めんどくせえ後輩しか残ってねえんだよ、ジェローム。さっさと正気に戻ってくれよ。疲れるんだわ、あいつの相手すんのも」

何のためにそんなことをするのかと問われれば、死ぬまでの暇つぶしだと答える。

自分の思い描く理想の死。そこに辿り着くために生きている。そうでないならどこでどう死んだって何一つ変わりはしない。そして惨めなことにも変わりはない。いっそ殺してくれとさえ思う。

ジェロームには自我がない。だからそういうジェロームを見ていられないのだ。俺たちは形こそ違えど、死に場所をきっちりと決めて生きていたというのに、俺はまだ生きていて、そしてジェロームは無になっている。

「……何なんだ俺たちはよ。いつまで生きてりゃ許されるんだよ？」

返事はない。さっさと殺して欲しかった。こんな形で生きながらえるぐらいなら。

コロニーの全てが手に入るというのに、何をやっても怒られないというのに、遊び相手が足りなさすぎる。

踊ろうと誘いたくても誘う相手がいやしない。

するりと全身が軽くなる。三半規管の失調と誤謬。

浮遊震。

ジェロームの体もベッドから浮き上がる。だが下半身がベルトで拘束されていて、掛け布団しか浮かばなかった。周りに浮かぶものはない。拘束され、縛りつけられている。俺だけがフワフワと浮かんでいる。

軽めの浮遊震だ。制御するのは簡単だが、俺はそれをしなかった。

煙草を咥える。火を点ける。そしてジェロームのほうへと部屋を泳ぐように近づいていく。生ぬるい水の中にたゆたっているような不快感が、今は湧き上がって来ない。ジェロームに近寄って手を取り、その手の中に煙草を箱ごと押し込める。

「……俺たちがゴミで世界が普通だったからいろいろやれたのによ。ついに世界までおかしくなっちまってこのザマだ。お前、何が欲しいんだよ？　何がしたいんだよ、頼むから教えてくれよ」

「……俺は」

「ジェローム？」

「……俺はホテル王になるんだ……」

「そうかよ。なれるといいな」

だがもうなれない。むしろもう終わっている。今この瞬間、このコロニーに無数にあるホテルと呼ばれた建物は、すべてジェロームの所有物件だと言い張ったって誰も文句は言わないだろう。

だから、終わったのだ。

成し遂げてしまったらもう何も面白くない。だから違うことをしよう。そうでないなら成し遂げた瞬間、理想を言うなら成し遂げる直前で死んでしまえていたら、これほど贅沢な生き方はない。

「俺はお前をそんな風にした奴を許せないし、俺たちをこんなに惨めにした奴を容赦する気もさらさらない」

床に墜ちる。この程度なら怪我もない。宇宙服で制御しなくても何も問題はない。

「必ず茶番のツケは払わせる、ジェローム」

「ホテル王」

「お前はもうホテルの王サマだよ、ジェローム」

咥えていた煙草を抜き取って、その吸い口をジェロームに咥えさせる。そのまま病室を後にする。来るたびにこういう気持ちになる。だからあまり来ない。飛べなくなったヴィスコンティを見るのすら辛かった。だがあいつは回復する。ジェロームは回復しない。

かつん、とイヤリングを爪で弾きながら廊下を歩く。

「……オーグルビーか？　ちゃんと用事済ませたから回線繋いできたんだろうな？」

『おう、今回は忘れねェうちにってことで済ませたよ』

「やっぱり忘れてたのかよ」

『そう言うなよォ、一応覚えてるんだぜ、単に違うこと言われると忘れるだけで。取りあえずユニオンにはァ、一人だけまだ残ってる。ユニオンの中でも残務処理を押しつけられた三下だな』

「お前はそれ以下だけどな」

『あんなしょぼくれた爺に負けるかよォ』

「歳は関係ねえんだ。……ともあれそいつはいつ出て行く？」

『まァ一週間もしねえうちに出て行くとは思うぜ』

つまりこのコロニーはあと一週間以内に完全に見捨てられる。しばらくは何もかもそれなりに機能するだろうが、メンテナンスを放棄される。廃棄指定から数世紀を経て、ようやくこのコロニーは廃棄される。十人前後の入院患者を放置して。

「んでもう一つのほうは？」

『そいつァ先輩の予想通り。まず間違いない』

「ご苦労だったな。ありがとう」

通話を切った。やるべきことが明確に見えてきた。あとは突っ込むだけだ。

俺たちはこのコロニーがふざけた茶番だと気づくのに遅すぎた。あの円柱がなかったらずっと気づかなかったかも知れない。神の意志さえ感じる。ステルスフィールドを備えた強大な槍。しかも意図的にではなく、小賢しいユニオンの予想を遥かに超えた偶然の流れ槍。

ヴィスコンティがユニオンに関してはかなり調べてきた。ジャクリーンとアンクルアーサーに関しても。それで確信が持てなかった部分を確認してもらった。

俺はもう空をやらない。オートバイで飛んでもそれはやっているとは言えない。

スケアリーモンスターズはもうそんな小競り合いなど、相手がホバーバイクであるなら鎧袖一触(がいしゅういっしょく)だ。そこから先を俺は欲していた。イカロスダイブで死ぬのも、スツーカアタックでもドッグファイトでも俺はそれを得られない。

それらとは違う愉しみのために拵えたのがスケアリーモンスターズだ。

その愉しみに備えて、今は走り回している。

病院を出てオートバイに跨る。ジャンクヤードに引き返そうとして、久し振りに来たこの居住地区の光景に、不意に懐かしさを覚えた。もう誰も歩いていない、静まりかえったゴーストタウン。

エンジンの音がやたら大きく聞こえてしまう。そしてどれだけ大きくしようと苦情も来ない。打って叩いて殴っても一切反応しない。ジェロームそのものみたいな町並み。

その奥へ向かった。

俺の家の前にオートバイを停め、中に入ってみる。凄まじい異臭と埃とゴミの山。中でも鼻孔に刺さってくるのは強烈なアルコール臭。そのゴミの向こうに見知った顔がいた。

「……生きてたのかよ」

やせ細った親父が酒瓶にしがみついている。俺を認識するのに相当の時間を要した。土気色の顔の中にある濁った目で、こっちを凝視してくる。

「生きてちゃ悪いか？」

「帰って来ないから死んだとばかり」

「帰って来なかったのは、お前だ」

「そう言われればそうだけど」

昔なら、まあまずこのあたりで会話は終了して殴られていた。親父はこっちに這い寄ろうとして、立つこともおぼつかずに、ゴミの中に蹲った。そのまま鼾をかきはじめた。誰が聞いたって体を壊しているのがわかる不快な鼾が響いてくる。

酒に溺れゴミに埋もれて死ぬのが親父の本望だったのかは、訊きようがないし、そりゃゴミから引きずり出して平手打ちでもすれば話すかも知れないが、したくない。

ゴミを踏みつぶしながら奥へと入り、寝ている親父の足を掴んで引きずり出す。

恐ろしく老けていた。枯れ枝みたいな手足になっていた。

「……死に方選べてよかったな、親父」

眠りこけている姿にそう呼びかけた。皮肉でも何でもなく羨ましかった。

またゴミの山を掻き分けて、かつて自分の部屋だった場所へと向かう。親父の徘徊ルートは決まっているようで、家の中でも薄汚れた場所が偏っている。毎日毎日、同じことだけを繰り返して酒を呑んでいるんだろう。

俺の部屋は埃を被って薄汚れていたが、前のままだった。やたらと散らかっているのは浮遊震対策をまったくしていないからだ。机の上には伏せたままの写真立てが置きっぱなして、立てるとそこには、出て行ったお袋が映っている。お袋は治った。そして同じように治った相手を見つけてここから出て行った。

俺が時たままともになるのはお袋の影響で、スイッチが入ってキレまくるのは親父の影響だろう。俺の親なのだと実感する。まあ、まったく関係ないのかも知れないが。

ベッドに座ると埃が舞い上がって咽せる。

どんな有様かなと好奇心で見に来たら、俺の家じゃなく親父の棺桶になっていた。まだ死んでないがありゃ遠からず死ぬだろう。ジェロームの様子だけじゃなく、ここも定期的に覗きにこなけりゃならなくなった。

考えてみたら、今、残ってる連中は全員、誰からも荼毘に付されない。このコロニー自体が巨大な棺桶とも言える。

つい感傷に浸ってしまった。こんな埃っぽい部屋に用事はない。立ち上がろうとして、踵がベッドの下にある箱に当たった。何か収納してたか思い出せずに覗き込むと、トランクが二つ、収まっていた。

そのトランクには見覚えがある。お袋もこれを持って出て行った。このコロニーを出る人間は、大抵、このトランク一つだけを持って出る。

中には身分証明やその他、他に移る際に必要な書類やデータの類で移民の申し出みたいな代物が入っている。移る先で取りあえずそこで使われている貨幣と交換するためのレアメタル、多くは金がパッケージされているのが唯一の生活感。

これが二つ。しばらく考えて、両手にぶら下げて部屋を出た。玄関にブン投げて、ゴミの中でひっくり返ってる親父の両足を握って、引きずり出す。

まだ眠っていたから、思い切り引っぱたいた。目を醒まさせる。

親父の濁った目を覗き込む。

「……外に行きたかったのか？　本当は」

「俺は別にどっちでもいい、ヘイウッド」

「トランクを二つ用意したのはどういうこった？」

一つだけならよくあることだ。ここから出たいと思って用意したものの、今ひとつ踏ん切りがつかずにダラダラ居座って忘れてしまう。外で死のうと思ったけど、やっぱりここでいいやと納得しただけの話だ。

それが二つある。俺の分だ。

「……俺が戻ってくるのを待ってたのか？」

「一人で出て行くのも何だなと思っただけだ。それに何の偶然で女房に出くわすかわからん。お前がいれば言い訳ができる」

「言い訳が必要な奴に、このコロニーはもう無理だ。ここでゴミに埋もれて死にてえのか、外に行きてえのか、今すぐ決めろ」

「生意気な口、叩きやがって。殴られてえのか」

「いいぜ、二、三発殴らせてやる。何ならキリよく十発でもいい。それで俺を動けなくさせたら親父の勝ちだ。そうでねえなら、今すぐここから出てけ。家じゃねえぞ、コロニーからだ」

自分の親にまで不本意な死に方をされては困る。ジェロームだけでも充分多い。ましてや、俺を理由にそうされたのでは堪ったもんじゃない。

親父はゆらゆらと立ち上がった。

ほとんど触れたとしか思えないようなそれは平手打ちだった。撫でられるようなそれが、十回続いた。それがかつて、俺を一撃で叩きのめした親父の、今の限界だった。

外に出る。トランクを一つだけオートバイに縛りつける。俺の分のトランクに入っていた金も一緒に入れてやった。家の中にとって返して、親父を引きずり上げて背負う。宇宙服より軽い。ベルトで固定して、オートバイに一緒に跨った。

「じっとしてろよ。荷物に徹しろ」

「ヘイウッド」

「喋るな。舌嚙むぞ」

そしてバイクを走らせる。宇宙港までできるだけ早く辿り着く。

ガキの頃の親父がどうだったかは知らない。ひょっとしたら空をやっていたかも知れないし、薬物に溺れていたかも知れないし、酒ばかり呑んでいたかも知れない。憂鬱の晴らし方は人による。

呑んでは人を殴るだけというのも考えられる。キャットが死んだ後の俺がどうなったかを考えれば想像はつく。親父はお袋に去られてから俺を殴るようになった。憎たらしいほど、父親と息子そのものだ。

じゃあその頃の、親父の理想とする死に方は何だったのか。俺は暴れ回っていた時期は、その答えがわからなくなっていた。俺が捕まる度に何か説教して来たが、それらが今ひとつ言葉として響かなかったのは、本音を言いたくなかったからじゃないのか。

その先にある理想の死に方を親父は知っていて、教えたくなかった。

やがて結婚し子供を育て真っ当に働き、酒でも呷る程度の憂鬱な生活が、俺にもやって来ると思っていたんだろう。だから、教えなかった。知ってしまえば虚しさが増し憂鬱に耐え難くなる。ましてや嫁に逃げられたとあってはなおさらだ。

本当はもっと話をするべきなんだろう。だがもう遅い。時間がない。

せめて不本意な死ではなく、今からでも死に方を模索すべきだ。息子の俺はもう持っている。だから俺のエスケープバッグは必要ない。

宇宙港まで浮遊震には遭遇しなかった。ロビーに親父を担いでいき、エスケープバッグごと職員に預けた。後のことは頼むしかない。周囲を見回すと、ロビーもかなり閑散としている。もう外に出ようという人間すら、残り少ない。あと十人かそこらがここに来れば、無人の廃棄コロニーが完成する。

串刺しにされていつ壊れてもおかしくない、宇宙に浮かんだ巨大な屑だ。

その屑の中で酔っぱらったまま死のうとしている俺も、傍から見たら親父と大差はないのかも知れない。

救えない似たもの親子がここにいる。

四

ユニオン最後の一人がいつコロニーを発つのかだけは、オーグルビーに入念に調べさせた。その時こそこのコロニーが終わりを迎える時だ。今のところまだ、出立する気配はないという。一日中、何かしら机に向かって入力と消去を繰り返しているような様子だという。

別に放っておいてもいい。俺とオーグルビーは残ればいいだけのことだ。

だが、だったら俺はスケアリーモンスターズなど組んではいない。もしくは組んでも乗らなかっただろう。空をやるには過剰過ぎる。オーグルビーと揃いのマグヌス駆動で飛ぶマシンを組めばいいだけのことなのだ。

それをやらない。移動は改造宇宙服で浮遊震に備えながら、オートバイで地べたを這う。

俺の空はもうスケアリーモンスターズにしかないと決めた。

何日過ぎても、ユニオン最後の一人は動かない。オーグルビーの情報のいい加減さと言ったらこの有様だ。あれほど入念にやれと言ったのに。完全に焦れて来ていた。

たぶん、最後のハイだ。これが終わったら俺は憂鬱に塗(まみ)れて過ごすことになる。いつか押し潰されて死ぬのを待つ、なだらかな下降線の人生。だからせめて誰よりも高く飛びたい。バカをやり尽くして満足したい。

もうただの飛び方じゃ飛べない。

ジェロームがかつて言っていた末期状態だ。尋常ではない量の薬物で飛べば最高なのは間違いないが、その一線を越えてしまうと二度とそこには戻れない。中毒死寸前でそれは得られる。もう一度飛ぼうと思ったら、死ぬしかなくなる。死ぬのがわかっているならしない。自殺では簡単すぎる。だからそこそこの投与量を保って飛ぶ。

とっておきは一回きりだ。

ジェロームは結局それをしないままに、自我を無くした。

オーグルビーはいい高さの空を飛んでいる。俺はもう、あの空じゃ満足できない。

とっておきそのものがスケアリーモンスターズだ。鈍く光る金属の塊。不格好なボウリングピンみたいなこのマシンが、俺を後戻りできない場所に連れて行ってくれる。

「……考えても大した事ァわかんなかったよ社長、アンクルアーサー」

機体の上に座りながら、さすがに機体よりは背の低いアンクルアーサーを見下ろした。

珍しく、ユニオンからジャンクヤードに戻って来ている。

もう十年も会ってないような気がした。実際は一年とちょっとだ。俺がここに住み着き始めたのも最初は待ち伏せ目的だった。

「少しはわかったのか？」

「少し、な。どれもこれもわからなくていいことばかりで、得した気持ちになりゃしねえ」

「そのうち、役に立つ」

「千年も生きてりゃ、役に立つかもな」

「生きたいか？　推薦してみるが」

「やだね。守秘義務を外すってんなら考えてもいいぜ」

「それは外せない」

「……だから促すことしかできない？」

「はっきり言っていいこと、が限られている」

「ヴィスコンティが言ってたぜ。あんた人間じゃねえって。ただの記録装置だってよ」

千歳というアンクルアーサーの言い分をまるっきり鵜呑（うの）みにしてしまえば、千年も生きてでまだ自分の足で動けるなど、人間以外の何かだ。ヴィスコンティは機械化手術とか言っていた。

「……これは公になっている情報だから言えるが、機械化じゃない」

「じゃ、何だ？　どのみち人間じゃねえんだろ」

「植物化手術だ。そしてこれでも元は人間で、今もそうだ。俺の中にはちゃんと生きた人間がいて自由に話す。だが外の俺はそんなに話せることはない」

「……あんたの中身は、俺に何か教えようとしてくれてたか？」

「黙らせるのに苦労した」

「……そいつの生まれは？」

「千年以上前に地球で生まれた誰かだ。そいつはお前達ほど派手じゃないが人生で発生する当たり前の上向きや下向きに悩んで平穏を期待してこの手術を承諾した。よって鬱に悩まされることもなくなり、躁で無意味にはしゃぐこともなくなった」

そういうふうになれば千年生きると言ったのはアンクルアーサーだ。

誰も信じなかった。俺だって本気で信じちゃいなかった。

だが守秘義務を守りつつ嘘も言わないという条件下で出せた、アンクルアーサーの救助信号みたいな悲鳴が、その歳を自称して憚(はばか)らないことだった。千年も生きてる訳がない、ではなく「何故千年も生きているのか」と考え方を変えれば、アンクルアーサーの言うように公になったことから導き出せる。内部の証言もあればなおのこといい。

このコロニーに廃棄指定が出された数百年前から、アンクルアーサーはフライトレコーダーとしてこのコロニーで機能している。無感情に。誰も何も察してくれなくてもただ、淡々と。

「……そんで？　アンタまだユニオンの帳簿係やるのか？」

「しばらくはな。今の担当者が連れて行くと判断したら、最後の便に乗せられるだろう」

「いつまで生きるんだ、あんたは？」

「記録では一万年以上というのもある。逆に明日死んでもおかしくはない程度に、俺は長く生きたほうだ」

「愉しかったか？」

「愉しい、とか、悲しい、とか、そういうのに振り回されるのが嫌になった。俺の中にいるのはそういう人間だよ。俺自身は千年以上、何も感じたことはない。そうでなかったら帳簿係など任せられるものか」

「……ユニオンの金庫はとっくの昔に空っぽだったそうじゃねえか」

「細かい記録などは手作業にしないとな。表向きの数字と裏向きの数字、すべてをこの数百年、記録してきた。ユニオンは……」

「ユニオンが何かは知ってるよ。たぶんそれ、喋れないだろ、あんた」

「頷ぐらいならできる」

「ユニオンはただの脱税組織で、この捨てられたコロニーはマネーロンダリングに利用されてきた。そういう話だろ？　頷こうと頷くまいと、大体それで合ってる。ま、問題は、だ。太陽系中の金持ちやら何やらがこぞって利用するもんだから誤魔化すために何したかってことだ。生まれて来た時から酩酊病に患ってるようにするのなんぞ、人間を植物にするのに比べたら全然楽勝だよな？」

アンクルアーサーは頷いた。

俺たちはそういうものだと思っていたし疑わなかったし、別に真実など知りたくもなかった。知って何かが変わる訳じゃない。治せと脅す心算もない。治して欲しいならこんな片田舎の廃棄コロニーからなどさっさと出て行けばいい。

この極限まで過疎化したコロニーの生活が保たれていたのは、ユニオンの行った擬態そのものに他ならない。俺たちはさしたる疑問も持たないまま、躁状態にやがて疲れて憂鬱に押し潰されて死んでいく便利なモブにしか過ぎない。

銭なら太陽系中から唸るほど注がれてくる。コロニーの赤字補塡に流用してもたいした問題にならない。むしろここを表向き、住民が頑固に居座っているという体裁を整える費用ぐらいは喜んで出すだろう。

「……とは言え表向きにやってた訳じゃない。暴かれれば皆困る。それで、国家間の戦争っていう不測の事態にユニオンは慌てた訳だ。下手に占領でもされれば戦争よりひどいスキャンダルになるし、何も知らない奴らに撃ち墜とされても、また困る。そりゃさぞかし慌てただろうなと思うぜ」

「慌てていたな。だが手は打った」

「レディ・スターダストの登場か」

「彼女は亡命軍人なのは間違いない」

「だけどそれだけじゃ、ない？」

またアンクルアーサーは頷いた。それだけだと言われても困るが。

せっかく死ぬほど考えたのだ。答え合わせぐらいはしておきたい。

「……姐御はアメリカが参戦してきたって知った時からユニオンに入り浸り始めた。あんたと同様にな。それまでは問題なさげにしていたくせに、このコロニーの所有国家が参戦してきたってだけで顔色が変わった。不都合だったんだろ、それは」

アンクルアーサーは頷かなかったが否定もしなかった。守秘義務か、そこは。

その仕草が既に肯定だと思うが、こう考えてから見るのと、何も考えないで見ていたのとではまるで伝達力が違う。仕草一つにさえ深読みできる余地がある。

そしてジャクリーンが誰で、何が目的だったのかも興味がない。

このコロニーが何で存続できていたのかだってどうでもいい。

恐らくは巧くやれていたんだろう。戦争に巻き込まれることも、ここの存在理由も気取られずに誤魔化せていたんだろう。そうしたらあの流れ槍が飛んできて、全てを容赦なくぶち壊してしまった。それだけだ。

「いや……あの『槍』はひょっとしてアメリカの仕込みか？」

頷いた。ジャクリーンが「アメリカの特殊部隊がよくドッグファイトで使う」と言っていたからだ。他の情報を俺は知らない。

だからそういう結論になった。

「今回の騒動で、相当な人間に金と圧力がかけられた。司法当局が何かしら気付いていて、あるいは腹いせであれを起こしてもおかしくはない。もっとも、戦場からの流れ槍が廃棄指定済みのコロニーに命中した、世間ではただそれだけのことだがな」

「……世間は冷たくて勝手なもんだな」

八十年前の流星雨からは守った。自国の領有するコロニーだからという義理だけではやれないほどの手助けをした。あるいはさせられた。そして今は、同じ国から思い切り殺意を向けられている。

それを勝手だ冷たいだ言う気はない。

俺だってそんな感じにしか受け取らないだろう。当事者であったたって何も思わないのだから好きにすればいい。どうせ何も起こらないと思っていたのだ。退屈で憂鬱な日常に、自分から命を賭けるような真似をして、適時刺激を得て、時にはそのまま死んで、それすらもイベントとして受け止める。

俺たちはそういう人間として生まれてくる。

そうなるように仕向けられたから、大量生産のように判で押したような、同じ病を背負って生まれて生きていく。身勝手な理由から知らない罪で鉄槌を下され何人も死んだ。生きてりゃ事故は付きものだ。理不尽にあっさり死んでも文句を言ってる暇すらないし、言ったって仕方ない。

「……キャットは死んだ。ヴィスコンティは去った。ジェロームはあのザマだ」

「オーグルビーは元気だろう」

「そうだな、あのガキの分ぐらいはさっ引いて考えたっていい」

「以前にもお前は同じ理由で同じことをした」

「わかってるよ。こいつはただの八つ当たりで、何の理屈も通っちゃいない。それでもな、アンクルアーサー。俺はあんたと違って千年も生きる心算はねえんだよ。狂犬が何かに噛みつくのに理由も言い訳も存在しねえのと一緒だ。そう仕込んだのはユニオンだ。咎め立てするならそっちに言ってくれ」

拳を強く握った。

左右の拳を均等に、等しく力を入れて握る。

いか、俺は言ったはずだ」

「……覚えているか、ヘイウッド。どうしていいかわからなくなった時に、どうすればいいか、俺は言ったはずだ」

「それなら一言半句漏らさず覚えてるぜ、アンクルアーサー」

「アナーキストが何かわかるか？」

「無政府主義者？」

「言葉の意味はな。本質的なところは『誰にも何にも甘えない』という意味だ」

「俺ァ随分考えるようになっちまったけどよ、あんたの口にする言葉は相変わらず不親切で意味が掴みとれねえよ」

呟いて機体から飛び降りた。宇宙服大気噴射が衝撃を和らげる。ジャンクヤードの向こうから、しばらく見てない顔がまた現れた。

金色の髪をしている。

ジャクリーン。

ジャクリーン・セリアズ。レディ・スターダスト。

「……どうしたヘイウッド君。しばらくぶりに見たら偉い険相になってるじゃないか」

「久し振りだなクソババア、訊きてえことがある」

「強気じゃないか。それは喧嘩を売っているのか？」

「他の何に聞こえるんだ？」

「いや、喧嘩ならまた私が有利になってしまうじゃあないか」

まだだ。まだ耳の奥のスイッチが入ってもらっては困る。それでは仕掛けが早すぎる。

「カッコイイツナギを着ているな。私にも拵（しつら）えてくれないか」

「おめえにゃやんねえよ、オーダーメイドの一張羅だ」

「懲りない男だな君は。今日は最初からナイフを持たなくていいのか？」

「返しちまったもんでね」

お前が墜ちて来なければ。

何もかもをそれなりに知って考えた上でそこに集約させる。そうでなければハイになれない。なってしまえば言い訳も理由も必要ない。

先手必勝。航路決定。踏み込んで左拳での掬い上げ。払われたところを、全身で突っ込んでの左肘。肩に当てて怯ませて、ようやく右手で首を取り、摑み上げ、同時に足は膝を打って体勢を崩し、右腕で頸をロックする。一瞬で終わる。

「……強くなったじゃあないか、そこそこ。そりゃそんな強さをぶつけられるのは私ぐらいしか残ってなかろうが、それで？　私は君に付き合ってわざわざ殴り合いをする訳だが？　そんなバカな行為に私を付き合わせておいて、まさかまた報酬がないなどという無駄働きをさせないだろうな？　こっちは君の姉でも母でも、そして恋人ですらない赤の他人な訳だが？」

その会話の間にできたのは、左肘を肩に当てるぐらいまで。そこで襟首を掴まれ一瞬で宙に放り投げられる。

「勝ってから言えよ」

「では勝ってから言うさ、後悔するなよヘイウッド君」

そこまで言うからには今回は容赦なしだ。俺がしばらく動けないどころか死ぬことまで折り込み済みの投げ。

無理矢理、体勢を捻る必要はない。このツナギは宇宙服に見えない程度には改造してある。なのでジャクリーンがわずかながら驚いた。

俺が大気噴射で、空中で停まったからだ。この辺の体捌きは浮遊震のお陰で馴れたものだ。

驚いたジャクリーンの顔面目掛けて渾身の蹴り。地面を踏んでいないから体重が乗らないが、それも大気噴射で加速をかける。爪先に鉄板が入った安全靴仕様だ。まともに決まればジャクリーンを顔面粉砕で殺せる。

躱された。が感触はある。ジャクリーンの右頬が赤く腫れている。

そして地面に降り立つ。

「……女の顔面をまともに蹴ってくる、そういうところが腹が立つ」

「嫁に行く未練があるなら、それごと潰してやるぜ」

「そういうところだ、そういうところ。最初からそれが気に入らなかった」

「第一印象は大事だな」

ジャクリーンが何を言っているのかイマイチ伝わらなかったが、こっちもアドレナリンが吹き出していて理解が覚束なくなっている。今度はアンクルアーサーが止めに入らない。俺もようやく大人扱いしてもらえているのかも知れない。

「まあいい。何度でも投げてやる」

「……ところがもう、そうそう投げられなくなるんだな、これが」

上着を脱いだ。ジャクリーンも言ったようにこれはツナギには見えるぐらいに上下は繋がったままだ。だから上半分を脱いだというのが正しい。脱いだ上着を、袖で腰に巻きつける。下にはタンクトップ一枚。

左腕に力を込める。ジャクリーンが鼻で笑う。

「脱いだら投げられないとでも思っているのか？　こちらとしては選択肢が減るだけの話でまだいくらでもやりようはあるし、君はせっかくの防御を、自ら捨てただけだぞ」

「身を捨ててこそナンチャラって言うだろ。背水の陣とかよ」

「背水の陣というのはな、追い詰められた馬鹿が仕方なくやるものじゃなくて、最初からきちんと伏兵を用意してやる戦術だぞ」

「俺が？　追い詰められた？　何時？　馬鹿だけは認めてやるぜクッソババア」

「殺されたいみたいだな」

「遠慮なくやれよ。こっちも遠慮なんぞしやしねえさ」

「……大体、何だその馬鹿げた左腕は」

その左腕を俺は誇らしげに突きつける。

そこには肩胛骨から手首までびっしりと刺青が貼り付いている。キャットが自分の両腕に施していたのと同じものが。キャットの左腕はどうしても見つからなかった。きっと空中でローターに細切れにされて、形在るものではなくなったのだろう。

だから代わりに俺が貰うことにした。

むしろ俺の左腕をキャットにくれてやったとも言える。

「知りたいかババア？　教えてやるよ、こいつはな、俺の『伝家の宝刀』だよ」

そして右拳を前に出す構えに直す。右は俺、左はキャット。

俺が前、キャットが後ろ。このタンデムスタイルなら、どんな相手だって墜とせる。それが例えジャクリーンであったとしたって例外ではない。俺たちは互いが互いと結びついている限りにおいては誰にも負けはしない。

右で刻む。

と見せかけて。

ジャクリーンに右拳の刻みを意識させておいてからの。

水平加速。下半身を大気噴射でブーストさせての接近戦。向こうもこれは意外だったはずだ。しかもすれ違うように、正面ではなく真後ろを取った。ジャクリーンがすかさず反応して苦し紛れの裏拳を放ってくる。それだけでもたいしたものだが、俺とキャットのタンデムには遠く及ばない。

伝家の宝刀、キャットの左拳を裏から腎臓目掛けて突き入れる。堪らず痙攣するようにのけぞり蹈鞴（たたら）を踏んだジャクリーン目掛けて、さらに左拳でのダブル。反射神経だけで躱してのけようとするジャクリーンの髪を右手で摑み押さえ込む。

右がサポート。左が主役。

ハンドル操作はキャットに預ける。キャットが殴る。

ジャクリーンの顎を真下からクリーンヒットしたのがわかる。半回転するほどに思い切り殴ってやった。他ならぬキャットの左腕が。その先の拳が。キャットを殺したジャクリーンを殴り飛ばす。

一撃必斃（いちげきひっとう）どころか百撃繰り出したって必ず斃（たお）す。そういう手応えがあった。よくて下顎骨粉砕、悪ければ骨と肉が捻れて呼吸管を塞ぎ窒息死させる。そういう一撃だったはずなのだ。

「……今のはちょっと効いた」

それなのに、そんな声と共にジャクリーンが幽鬼のように立ち上がる。口からは血が流れているが、唇を切ってしまった程度にしか思えない。

「……何食えばそんなに頑丈になるんだよ、ババアこの野郎」

「食ってきたモンはごく平凡な代物しか覚えていない。強いて言うなら里芋の煮っ転がしが好物なくらいかな。甘いのじゃなく辛めで頼む」

「……じゃあ俺も明日から食うわ」

「軍にいた時に強化手術を施されてな。全身の骨格がカーボン皮膜に包まれてる」

「里芋の話は何だったんだよ」

「何を食いたいかと訊かれた気がしたんだが。……まあいい、そんなわけで私も本気になる。負けて寝ているのも癪だしな。宙域戦闘術がどんなものか見せてやる」

ジャクリーンが腰を落とす。初めて構える。握った両拳を、右手は前へ突き出し左手は腰に畳む。その双方で親指が突き立てられている。スタンスが広く、攻めしか考えていないのがわかる。守る気が一切ない、好戦的な構え。

なるほど、習っていればよかった。

切れるような呼気がジャクリーンの唇から滑り出す。

「……九三式、回天」

踏み込みが速い。目で追い切れない。漆黒の影となって俺に襲来する。まるで質量の欠片も感じさせない。視界の中に、ジャクリーンが身動きもせず構えたままなのが映る。そして俺に殺到する漆黒のジャクリーンも見える。

いやそれは影で、そしてよく見れば骨だ。

ジャクリーンの骨格だけが肉体から外れて飛んでくる。そういう景色だった。

「四式、震洋」

骨格が増えた。都合三人分。一人目の影が俺に親指を突き立てて来る。一人でもあれだけ苦労したのに、三つに分裂されては凌ぎきれない。ジャクリーンが殺意の笑みを浮かべるのがわかった。

二人がかりで襲われる。凌いでいるだけで精一杯だ。片方は闇雲に親指で殴りつけてきて、もう片方は慎重に俺の隙を伺い、ここぞというタイミングで死ねる打撃を放つ。親指が俺の頸動脈と気道を潰しにかかってくる。ジャクリーンより攻めが荒いが特化している分だけ始末が悪い。二、三発食らって血反吐を吐いた。

一旦、距離を大きく取る心算で下半身の噴射装置を最大にまで拡大し後方に移動。きっちりそれに骨格がついてくる。追尾能力がハンパじゃない。で、あるならば俺も覚悟を決めるしかなかった。

逆にジャクリーンに近づいた。背後を取るほどの加速で。これほど接近すればあの影らも容易には俺に仕掛けられない。まったく動かないジャクリーンを巻き添えにしてしまう。恐らく動けないのだと察して、賭けて、あの女に近づく。

これはイカロスダイブなのかスツーカアタックなのか。どっちでもいい。ぞくりとする感覚は似たようなものだ。影を振り払って、ジャクリーンとほぼ肌を合わせる程に距離を詰めて左拳を振り上げる。動かない、動けない相手であればそれが岩でも鉄でも砕いてみせるという一撃。

いやよく見れば動いている。ジャクリーンの親指だけが、何かを操作するようにぬるぬると小刻みに動き押し込み操作している。

「……応報兵装、一式桜花」

背後霊のように黒い影が湧いて出る。俺の拳より一拍速く、正確に一割強い打撃。ジャクリーンの戦車みたいなタフネスボディならともかく、そんなものを当てられたら俺は死ぬ。かといってもう止められない。俺と全く同じ動きをしているくせに、全部の動きが一枚上回る必殺のカウンターが放たれている。

絶対に無理だ。俺がより速くより強くなってもこの影は勝手にそれを一枚上回る。と言うか誰が勝てるというのだ、こんなインチキみたいな格闘技に。

その瞬間、上から降ってきたナイフが影の脳天を貫いた。

その瞬間、すべての影が消え失せる。

空を見る。マグヌス駆動で浮かぶオーグルビーがいる。

「……タイマンだと思って見てたら、数頼りかよ。だったら俺が加勢しても文句ねぇよな」

お陰で左拳を振り抜けた。ジャクリーンの後頭部を殴り抜く。立ち上がってこない。倒れたままだ。さっきのすくい撃ちとさほど威力に差はないというのに。

だが構えは崩さない。

オーグルビーは暢気にフワフワ漂っている。

「……お前さ、オーグルビー。見てたんならもっと早くやれよ」

「……いやタイマンに見えたから」

「見えたからじゃねえんだよ、斥候がその場で勝手に判断すんじゃねえ」

言い合っていたら、ジャクリーンがびくりと震えた。痙攣しながら少しずつ立ち上がってくる。今、追い打ちをかければ間違いなく息の根を止められる。

「ヘイウッド」

初めてアンクルアーサーがこの戦いに割って入って発言した。

「……子供じみた真似をいい加減、終わりにしろ」

そう呼びかけられて、構えを解いた。

その一言が欲しかった気がする。それだけ言ってもらえれば納得して退ける。

大人になれる。

ゆらゆらと立ち上がったジャクリーンがこちらを見た。まあこうなってしまったからにはどうなったって構いはしない。アンクルアーサーはジャクリーンではなく俺を名指しで呼び止めたのだ。

ジャクリーンの唇から漏れたのは殺意ではなく諦観の吐息だった。

「しかし本当に強くなったな、君は。何を食ったらそんなになれる？」

「青椒牛肉絲（チンジャオロース）。ニンニク強めで」

「……ああ、私はあまり好きじゃないんだ。好き嫌いなぞするものではないな。宙域戦闘術がニンニク強めの青椒牛肉絲に負けるとは盲点だった」

たぶんそういうことではないと思うのだが、俺にもわからないしジャクリーンにもわからないのなら、勝手に納得できる理屈で納得すればいいと思う。

諦めたようにジャクリーンが座り込む。俺の勝ちだ。

キャットの勝ちだ。そしてヴィスコンティとジェローム、オーグルビーの勝ちだ。

あの女を見事にへこませてやった。無条件に上から目線の、傲慢な女を。

浮遊震が来て、すべてがふわりと浮かび上がる。重力の衰える時間は不意に訪れる。

空気も読まず何の合図もなくしてやってくる。

フワフワと浮かぶまったただ中で、俺とジャクリーンの目が合った。その目を見て俺の背筋がぞくりと総毛立った。何を勝手に、俺は、話を纏めてしまっていたのか。何もかも終わってなどいなかったというのに。

ジャクリーンの唇が動く。邪悪な笑顔に見えた。

「……潜伏兵装、百式伏竜」

座り込んだジャクリーンを見る俺の足下から強烈な打撃が貫いてきた。浮遊震も何もかも無視して俺を吹き飛ばし、返す刀で地べたに縫いつけられ踏みにじられる。勝利したと思っていたのに。頭上じゃオーグルビーがいつもの間抜け面で、俺を見て微かに笑っている。踏みにじられる俺の間抜け姿が何より面白いという顔で。

何を笑っていやがると腹立たしくなった。だが俺が間抜けなのも、確かだ。お前もいずれこうなる。オーグルビーを見て反射的にそう思う。

そして浮遊震が収まった。ジャクリーンはもう立っている。俺に大股で近づいてくる。

「今のが本命だ。手札を全部、正直に晒して生きていけると思うか？　伏竜は伏せ手そのものだ。世間みたいなものだよ」

「……やることが汚えぞ」

「当たり前じゃないか。言ったはずだが、ヘイウッド君。私は、君の家族でも友達でも恋人でもない。キャットやヴィスコンティあたりに通じる理屈も私には通じない。どんな理屈でどんな筋があろうと、何も気にしない」

そして俺の後頭部を踏み降ろして、俺の顔面を地べたに叩きつけ屈服させる。

「何か勘違いをしているようだがな、君の理屈は世間じゃ理由にすらなりはしないんだ」

何を言ってやがると強がりたかったが、言葉がなくなった。

助けに入ってくれたオーグルビーが、ここで助けに来ない。ただ俺を笑っていた、あの容赦のない観客としての面構えがどうにも胸に刺さってきて言葉を掻き消してしまう。

「……どうやらまた勝ってしまったから、戦勝国として今度こそお前に命令するぞヘイウッド君。これは要求じゃない、命令だ」

ただ一方的に言葉を叩きつけられる。言い返そうにも、言葉が出ない。

ジャクリーンの声も言葉もただただ冷たかった。

「その悪ぶった、薄気味悪い、汚い喋り方を今後一切するな、ヘイウッド」

何を言われているのかわからない。

「それから私を姐御と呼ぶのもやめろ、不愉快だ。人の名前はちゃんと覚えて、さん付けで口にしろ。何が酩酊病だ、酔ってましただ、そういう言葉に甘えるのも、いい加減にしてくれないか？　恥ずかしくて付き合いきれんのだ、こっちは」

頭を踏みつける圧力が緩む。ようやく言葉を話せるようになる。

「……なんすか、それ……？」

「なんですか、だ？　きちんと喋れ」

もう一度強く頭を踏み降ろされ、また顔面を地面に擦りつけられた。反射的に涙が出た。悔しくて出た涙でもあったが、悔しさの理由がうまく言葉にできない。何を俺は、泣くほど悔しがる必要があるのか。

「君らが生まれた時から病気だか、将来がないんだか頭がおかしいんだか、それは知らんがね。私という世間に無礼を働いていいという理由にはならん。そしてついでだ、自殺はしないが死に近づくのは面白いとかいう、薄ら寒くて痛々しい言い回しも、二度と口にしないでもらおうか。殴られてからでないとわからないようだから、こうして殴った上で命令してやっている。感謝されてもいいぐらいだ」

無様に地べたを這わされている。俺のすべては何ぞわからない格闘術に圧倒的に、有無を言わさず奪い取られて地を這っている。それこそが悔しかった。じゃあ俺が、いや俺だけじゃなく、これまでコロニーに生きてきた人間すべてが、間抜けそのものではないか。痛みか。俺は痛みに屈するのか。これまでの全部をそれで捨てるのか。

まだ俺は足掻いてみた。

口から言葉にならない叫びが漏れる。狂犬そのものの最後の遠吠え。

上から力ずくでジャクリーンがそれを押し潰してきてくれた。

「……私は君のすべてを侮辱するし否定する。親切にも、だ。家(コロニー)の中にいる間なら何をやっても構わんが、外で恥ずかしい真似だけはしないでくれないか？」

俺は痛みに屈服させられるのでも、服従させられるのでもない。今更にして、自分がどんな有様なのかを悟ってしまっていただけだ。

その悟りから逃げ出してしまいたかったが、逃げ場はない。動くことすらできない。

　いざとなればオーグルビーだけじゃなく、ヴィスコンティやジェロームも今の俺を見て笑うのかも知れない。それはただの嘲笑にしか思えない。一人で踊っているだけのこの俺を嘲笑っているに違いなかった。

キャットでさえも。

　そう思うと涙が出た。止まらなくなった。声を立てて泣き喚いた。

　何よりもまず俺はジャクリーンをいつの間にか信じていた。姐御と呼ぶことで納得して、いつの間にか心を開いていた。そんな相手からいきなり不意打ちでこんなことを容赦なく並べられたら、こっちは堪ったものじゃない。

　何のことはない、先に勝手に喧嘩を売っておいて、負けたら負けたでのうのうと身内みたいな呼び方をして安心感を得ておいて、挙げ句の果てには頼り切りで甘えてしまい、ちょっとキツく言われて泣いている、ただそれだけのみっともない有様というだけだ。

　だけどいくら泣いたって真実も世間も何も変わらない。ただ納得がいかない。もっと泣けば、いつか納得するのかどうかもわからない。

　俺の頭を踏みにじったまま、相変わらずジャクリーンはそこにいるのだし、ここにいる俺は、何もかもを剝ぎ取られて震えて泣いているだけの、もう酔ってると言い訳できなくなった、許されなくなった、ただの素面(しらふ)の正常者でしかなかった。

「……それで？　訊きたいことがあるなら礼儀正しく丁寧に訊け。当たり前の話だぞ」

そう言われてしまえば、その通りでしかなかった。

五

自殺だけはしない。

そう思い込んで無茶を繰り返して生きてきた。それが当たり前のことだと信じて疑わなかった。アンクルアーサーがあれほど言っていたのに、俺は何も考えなかった。考え始めてからも、決して自分自身を検算しようなどとは考えなかった。

ジャクリーンがどれほど優しい女なのかを今は理解している。それをちゃんと言葉にして、素直に口にしないというだけだ。

俺は何とか自分を、形ばかり殺せたような気がする。

死のすれすれまで手を伸ばすことも勇気だろうが、匹夫(ひっぷ)の勇としか言いようがない。必要なら何度だって死ねばいいというのに、俺たちはそれだけは巧妙に避けてきた。殺せるものなら殺してみろと、強そうな言葉を吐いているようなものだ。

誰も殺してくれないのではなく、わざわざ殺さないだけだ。

死なないように手首を切っているのと何も変わりはしない。

言葉だけだ。俺はまだ、その言葉の上っ面しかわかってはいない。本当の意味などこれから考えていくしかない。一生、本当に死ぬまで理解はできないのかも知れないという恐怖を、共に抱え込みながら。

　ぼんやり突っ立ったままそんなことを考えている。

　ブラックスターに全員が呑み込まれていくのもそんなに気にならない。このコロニーに残った、俺が名前を知る者が一人を除いて全員呑み込まれていくというのに、他人事だとしか思えなかった。

　横たわったままのジェロームが。そしてオーグルビーが無理を言って積ませているネクストデイが、その海星に呑まれていく。

「……オーグルビー」

「ンだよ？　何で乗らねぇんだよ先輩？」

「俺には、あれがある」

　親指で指し示すスケアリーモンスターズ。オーグルビーの不服な顔。

「お前にはこっそり頼みたいことがある」

「？　ンだよ？」

「ジェロームがもうどうにもならないとなったら、お前がそう判断したらでいい。お前のナイフで一息に、あいつに引導を渡してやって欲しい」

「いいのかよォ、ンなことして」

「もうどうにもならないのに、言葉さえ伝わらないのなら、そうするのが優しさだと俺は思う」

またしても不服そうな顔。

「……つかよォ、先輩、なんか話し方、堅くなくね？」

あの時、頭上から笑って見ていたオーグルビーにそれを言われるとむかついてくるのだが、きっとそういうのも抑えなければならないのだろう。俺はそうする心算でいたから、平常心を保てている。

「……そんなことはない」

「いや、おかしいって絶対ェに。アレだよ、イキがってたのが突然、スーツに七三分けにしてきましたてェな、クソ受ける」

平常心。

「んな喧嘩に負けたからって反省してるフリとかよォ、みっともねえぜ、またいつもの先輩に戻って来てくださいよ、先輩！　あのクソ面白い、泣いてる顔もう一回お願いします先輩！」

平常心。

それを保つのに後頭部がストレスで破裂しそうになっている。だが俺はジャクリーンに負けたのだ。その上で命令されたのだから従うしかない。が、人間そうそうは変わらないということをオーグルビーに教えてやりたくもなってくる。

幸い、すぐに飽きてオーグルビーはつまらなさそうな顔になる。

お前もさっさと気づいて欲しい。そして俺みたいな気持ちになればいい。俺はあえてそれを言わない。言ったって絶対に納得しないからだ。俺はたまたま、巡り合わせや他人の親切でそれを気づけただけなのだ。

そう考えて平常心を固定する。

「んで、俺らァどこに向かってどうなるんだ、先輩？」

「そんなことはジャクリーンさんか、アンクルアーサーさんに訊きなさい」

「いや絶対ェそれ言葉の使い方おかしいって、頑張ってる感丸見えだって」

頑張らないと直らない。多少不自然で格好悪くても受け入れるしかない。

もっとアンクルアーサーが親切だったならとも思うが、アンクルアーサーは自らは話せない。その中に蓄積された帳簿は鉄壁の守秘義務と共にすべて移し替えられている。やたら長かった最後の一人の滞在は、数百年の記録を整頓するのに手間取ったかららしい。さすがに年式が古すぎる。データさえあれば新しい物に書き込み直したいだろう。

ジャクリーンは元から自由に動けるうえ、ブラックスターは多人数の乗車が前提。ネクストデイを無理矢理積み込んだってまだ余る。

「頼みましたよ、オーグルビー」

「……いい加減キモいんすけど。その口調で、後輩に友達殺せとかよォ、やっぱ狂犬ヘイウッドだな、何やってもどっかおかしいのな」

俺が心配なのはむしろ、天然素材のオーグルビーのほうだ。まあ覚悟や鍛錬しだいで養殖が天然を上回る場合など数え切れない。一生そのまま気がつかないなら、それはそれで楽しそうで羨ましい。

不承不承にブラックスターの中に入って行くオーグルビーと入れ替わりにジャクリーンが出て来た。これ以上ないほどニヤニヤ楽しそうに俺を見ていて、殺してやりたくなったが、物理的に不可能な上に、それじゃ何もかもがご破算だ。

だから平常心を保ち続ける。

「しっかりやっとるかね、ヘイウッド君?」

「はい。ジャクリーンさん」

ジャクリーンが苦笑する。

「……いやまあ、何だ? 言っておいてなんだが、無茶をやると決めたらやったっていいんだぞ? 萎縮し続けて生きていてもそれはそれで面白くない」

「徹底的に自分に躾けることから始めてます」

「君らは本当に極端なんだな、何をするにしても。しかし最低限の社会性というのは、気に入らなくても持ち合わせていたほうが何かと得だ。おいおい、折り合いをつけてやっていけ。私と違ってまだ若いのだし！」

楽しそうに強調してきたが挑発に乗ってはならない。

平常心を保たなければならない。にしてもジャクリーンのサディストっぷりは軍隊経験だけでは説明しきれない。この女も生まれつきの天然でそうなったのではないかと俺はかなり強く確信を抱いていた。

「わかりました……っ！」

悔しいのでこっちも少し強めに言ってみた。声を弱くするだけで反省していますみたいな真似もしたくない。ジャクリーンはまだ苦笑いをしている。

「それで？　本当にいいのか、一人で？」

「向かうのはヴィスコンティが移った先ですよね。キャットに言えばいつでも行けます」

「君は本当に、合流する気があるのか？」

「そればかりは約束できません。いずれ会うこともあるかなというだけです」

もう会えない前提でそれを言う。

「……君がこれからやろうとしていることを実行した場合、司法はともかく、個人の恨みが凄まじい。太陽系に散らばった、金と権力が有り余った連中の恨みだぞ。司法なんぞよりこっちのほうが厄介だ」

「俺を狂犬にしたのはあいつらですよ。これも礼儀の一つじゃないですか」

このコロニーに残る他の住人がどうするかは、それこそ自分で決めればいい。いちいち訊いて回る趣味もない。このままここで死ぬか、外に出るか。そればかりは俺が押しつけていいことじゃない。

俺の家族でも友人でも恋人でもないのだから。

「無茶をしてもいいとは言ったが、やり過ぎるなよ、ヘイウッド君」

「やるにしたってこれを最後にします」

何にせよ宇宙のどこか、太陽系のどこかにいるというなら、俺は会いに行ける。いつでも、とまでは言えないが。

「あと、あの変な格闘技、オーグルビーに教えてやってくれませんか」

「変とは何だ」

「いや変ですよ、あれ」

一応理屈は教えてもらったんだがビタ一文として理解できなかった。格闘技の説明になんで沈降係数とかストークス式が出てくるのか意味がわからない。

ジャクリーンは何やら教えたい様子で、基本的に鬼教官体質の女だから、代わりにオーグルビーを与えておくことにした。あいつもその過程で、俺みたいに悩み苦しむはめになればいい。あいつにとってもたぶん幸せだろう。

「じゃあ必ず来いよ、ヘイウッド君」

「時間までは指定できませんよ」

「あまり待たされるとお前に言われたことが全部、その通りになってしまった時に癪だ」

「俺、何か言いましたか？」

「結婚だの子供だの、それなりに面倒でな。何となく私もそういう問題から逃げ回っていた気がする。そうしているうちに、間に合わなくなってしまって後悔する。間に合った、ということを君に見せないと、どうにも癪だ」

何言ってんのかわからないのはいつものことだから聞き流した。ジャクリーンがブラックスターに乗り込んでハッチを閉める。円錐がくるくると回転を始め、やがて浮遊震がきたときのように浮かび上がる。円錐の回転が無軌道になっていき、球体のように見えてくる。

いつか見た「黒い星」にやはり似ていた。

そのブラックスターが、俺がこのコロニーで知るものすべてを乗せて宇宙港へと走っていく。

俺と、俺の傍に鎮座するスケアリーモンスターズだけが、このコロニーにおける俺のすべてとなった。

ジャクリーンが嘘を言っていなければ、まだ時間は充分にある。

煙草を咥えて火を点けた。

上り坂ばかりの憂鬱な人生が続くのだとばかり思っていた。愉しいことなど命や寿命を切り刻んで購うものだとばかり思っていた。そうでもないのだと知った今でも、それは知識でしかなくて、他人事だった。

魔王ジャレスは息子の事故死でマシンを降りた。憂鬱に敗北したのだ。息子が死のうと嫁が出て行こうとまだ抵抗し、し続けるのが俺たちの生き方だったはずなのに。おそらくジャレスは息子の命と引きかえに、いささか治ってしまったのだ。

もうこのコロニーにはいないだろう。ただの凡人が、自分の意志でまだここにいられるはずがない。ここはすでに精神病棟ですらない。捨てられたスラム街だ。この有様こそが魔王の根城に相応しいというのに、もったいない話だ。

マシンを持ってまだここにいる俺がその名を引き継ごう。スケアリーモンスターズはハンキードリーなど話にもならない性能差がある。俺も基本的にはドッグファイト志向だし、名乗っても文句はないだろう。

煙草を四本、吸い終えて、箱の中身は一本切り。箱とライターを、オートバイのシートに並べて置いた。こいつだけは連れていけないが、名前もつけてやらなかった。無機質なマシンそのものとして扱っていたし最後もそうしよう。

そろそろいい時間になっていた。

宇宙服を締め直してヘルメットを小脇に抱える。

「……キャット」

「時間か、ヘイウッド」

「お前のほうが時間に鈍くてどうするんだよ」

「いちいちうるせえな、ほれ入れ」

真球の上半分が開いた。中に入ってヘルメットを被る。生命維持、酸素供給、排泄処理、すべてシート下に纏めた。そうすることでかなり軽量化されたし自由が利いた。

「……この前、取り付けたトラベラーズパックちゃんとしてるか？」

「エスケープバッグだろ。具合に問題はねえな」

「逃げる訳じゃねえし中身も他人のだし」

話しながら呼吸を整える。耳の奥にあるスイッチを入れる。

ヘルメットの内側にそれが見える。時間通りだ。

スケアリーモンスターズの機体が小さく震え快い金属音が響く。横に内臓しておいたレールガンが飛び出した音だ。「槍」であり「銃」としても使えるようデザインし直した銃火槍。

ジャクリーンは言った。その気になればここからコロニー中を飛ぶ羽虫の群れを一匹ずつ狙い撃ちして墜とすことも可能だと。キャットに撃たせれば余裕でやれると。俺がするべきことは、形ばかりトリガーを引くことぐらいだ。

「ロックオン完了」

躊躇いなく引いた。モニタの中で顔も名前も知らない奴の上半身が、竜巻みたいに千切れて周囲に広く赤い色をぶちまけている。オートレバーアクションで次弾を装填。

「第二目標ロックオン完了」

一瞬だけ遅れた。レティクルの中でこちらをきちんと見ているアンクルアーサーの顔に一瞬だけ怯む。一瞬だ。

どうしていいかわからなくなった。

そういう時にどうすればいいかをアンクルアーサーは教えてくれていて、俺はちゃんとまだ覚えている。

アナーキストになれ。

わかっている。

何に頼ることも甘えることも是としない孤高の存在。

躊躇いなく引いた。図体のばかでかい、千年も生きてしまっていた古木のような老人が盛大に弾け飛んだ。一応、血の色は赤いらしい。

ユニオン最後の一人と、アンクルアーサー。

全部の記録と後片付けを台無しにしてやったことになる。別に意味はないが、理由も知らされずにいきなり殺されて、あいつもさぞかしビックリしただろう。仕方ない。こういう人間を造ってきたのだ。そしてまた狂犬としてここに俺がいて、相手の情報を教えてもらっていた。一方的に突然殺したり殺されたりと、凄く愉しい。愉快で仕方ない。

コロニー中に警報音が鳴る。あの漆黒の円柱、流れ槍が近づいて来た時と同じ音。まあ確かに事態はそのぐらい致命的だろう。この数百年溜め込んで来た、金より貴重な記録と情報を叩き壊されたのだ。平時であればそれこそこの警報音を鳴らすに相応しい事態だ。

俺には弔鐘にしか聞こえない。今こそこのコロニーは墜ちたのだ。

この狂犬ヘイウッドがただの腹いせで墜としてやった。意味も理由もない。

愉しそうだと思ったから興味本位でやった。実際愉しかった。以上だ。

俺はちゃんとアナーキストになれたのかどうか、アンクルアーサーに訊いてみたかった。

「……終わりだ、キャット」

「じゃあ出て行くか、ヘイウッド」

派手なジェット噴射で思い切り空をやる。揺れる機体をマグヌス駆動で建て直す。突き出した銃火槍で宇宙港を叩き壊しながらかっ飛んでいく。ゼロセンでマッハ6。それは大気中を飛んだ場合の話だ。

宇宙港を突き破って外に出た。久し振りに見る大宇宙。眼下には、串刺しにされた鉄屑が生ぬるい水に浮かぶようにして、息も絶え絶えに漂っていた。

スケアリーモンスターズは真空中を、全力で吠えられる喜びと共に無茶苦茶に飛んでいる。どこまで昇っても果てがない本物の宙。

一通り走らせてから、手綱を引いた。もうコロニーは見えないし、他の何も目に映らない。

猛烈な勢いで走っているだろうに空中静止させているような錯覚。

「……キャット。メシにしてくれ」

口の中に味が広がり胃が満たされるのがわかる。ただの栄養補給だけじゃ味気ない。トラベラーズパックは確かにちゃんと機能している様子だった。キャットに読み込ませたフライトレコーダーが、宇宙空間で飛び続けるのに必要な物が何かを、データとしてだけ教えてくれている。

やってみると、中も外もたいして変わりはありゃしない。ただどこまでも永遠に続く空は、俺がずっと感じていた息苦しさを少しずつ落ち着けてくれている。

「少し休むぞ」

「……ハンドル操作は任せとけ」

苦笑いが出た。

「違う、キャットはそこで拒否する。面倒くさいからと。ハンドル捌きは男の役目とか無茶苦茶なことを言う」

沈黙が起きる。こうやってずっとキャットをそれっぽく調教してきた。

ひどく馬鹿げた真似をしてきた、そんな気がした。こいつはたまたま、自分の名前をキャットと認識しただけのパーソナルアシストに過ぎない。俺とキャットは無敵の心中相手だ。二人揃っていれば揃ってさえいれば後は何だって構わなかった。世の中の仕組みがどうなろうと誰に何を言われようと何だっていい。

「……それともう一つ。キャットは一度寝るとなかなか起きない」

「はい」

「覚えたか？」

「はい」

「じゃあもう寝ろ。お前は寝るのが好きだったんだ」

思考ルーチンを初期化した。何度もの警告を無視してキャットの疑似人格を片っ端から消していく。偽物の、それっぽい奴と話すのはもう面倒だ。キャットならもう一緒にいる。とっくの昔から俺の左腕に彫り込まれている。

初期化完了の音が聞こえたのは、一眠りした後だった。

名前を呼んでくださいと言われて、デフォルトにした。デフォルトですべての作業を飛ばしていく。きっとパーソナルアシストの設定項目で、一番愉しい部分であろうことは間違いないのはわかっている。俺は今、それが愉しくないのだ。

すべてデフォルト。同年代。同性別。同種族。自分に仕えている自分。

名前はジョン。丁寧に俺に話しかける俺は無難な名前でそこにいる。

「いかがいたしましょうか？」

ジョンの声。折目正しく礼儀を弁えた俺の声。

しばらく何もしなくていい。俺は一人で飛んでみたい。正気のままで、どうやら厳しいという世間を感じてみたい。生きていく恐怖のその先に、正気のままで感じとれる喜びが見え隠れする。

機体内部の制動だけをジョンに任せて、そっと操縦桿に両手を置いた。左手に、右手を重ねている。

そして遠くに本物の太陽が見えた時。

左手がそれを誘う。やってみないかと甘く囁く。

俺は躊躇うこと無く、それに従っていた。

本書は、書き下ろし作品です。

著者略歴　作家，著書に『ストレンジボイス』，『パニッシュメント』，〈魔術師スカンク〉シリーズ，『鳥葬』，『我もまたアルカディアにあり』（早川書房刊）他多数

HM=Hayakawa Mystery
SF=Science Fiction
JA=Japanese Author
NV=Novel
NF=Nonfiction
FT=Fantasy

屈折する星屑

〈JA1267〉

二〇一七年三月二十日　印刷
二〇一七年三月二十五日　発行

（定価はカバーに表示してあります）

著者　江波光則
発行者　早川浩
印刷者　西村文孝
発行所　株式会社早川書房

郵便番号　一〇一 - 〇〇四六
東京都千代田区神田多町二ノ二
電話　〇三 - 三二五二 - 三一一一（大代表）
振替　〇〇一六〇 - 三 - 四七七九九
http://www.hayakawa-online.co.jp

乱丁・落丁本は小社制作部宛お送り下さい。
送料小社負担にてお取りかえいたします。

印刷・精文堂印刷株式会社　製本・株式会社フォーネット社

ISBN978-4-15-031267-1 C0193

本書は活字が大きく読みやすい〈トールサイズ〉です。